「や…ぁ、ひ……っ！」
　それまでエセルの快楽だけを優先させていた神野が、ふいに抱えた欲望の存在を露わにして、エセルは広い背にひしっと縋って翻弄されるよりない。　（P143）

甘露の誘惑

妃川 螢

illustration:
立野真琴

prism bunko

CONTENTS

甘露の誘惑

1

本当に面倒なことになったと、自分を囲むダークスーツの男たちをぐるりと見やり、彼らの胸につけられたバッジを確認して、エセルはウンザリとため息をつく。――そのなかのひとりだけ、意識的に視界に入れないように注意を払いながら。その姿を目にしたときに受けた衝撃と動揺をひた隠して。

「シークレットサービスもＳＰも、不要だと申し上げたはずですが？」

バクバクと煩《うるさ》い鼓動を懸命に抑えながら発した言葉は、少し掠《かす》れていたものの、こちらの意思を充分に伝えられるものだったはず。だというのに、居並ぶ人垣は動かない。

空港に降り立った途端、これだ。

久しぶりの日本だというのに。

日本でなら、緊張を強いられる日々から解放されると思ったのに。

ＳＰ――セキュリティー・ポリスとは、警視庁警備部に所属する、要人警護専従警察官を言う。

画一的《かくいってき》なダークスーツ、象徴的な緋色《ひいろ》のネクタイ、襟元のＳＰバッジ、耳に仕込まれたイヤホンと、何より鍛え上げられた肉体。

日常風景から浮くことこの上ない。

平日の昼間とはいえ、世界でも有数の混雑空港のロビーは人であふれている。手前味噌《てまえみそ》ながら、それなりに顔は売れている自覚がある。余計な騒ぎにでもなったらどうしてくれるのか。

サングラスの奥の蜂蜜《はちみつ》色の瞳を眇《すが》めても、上からの命令によって動く彼らは動じもしない。指揮官と思しきひとりが進み出て、慇懃《いんぎん》に腰を折った。

「ブルワー上院議員の……お父上からのご依頼です。日本滞在中、二十四時間態勢で警護させていただきます」

本国のシークレットサービスを振り払ったツケがこんなかたちで振りかかろうとは……。

指揮官に促されて、背後に控えていた、ことさら長身のひとりが前に進み出る。見上げることを躊躇《ためら》っていると、記憶のなかにあるものより、いくらか落ち着いた声が鼓膜に届いた。

「神野《じんの》です」

もはや、視界に映さず避けつづけることは不可能だった。胸の奥で沸き立つものを懸命に抑えながら、サングラスをずらしてそっと瞳を上げる。

見下ろす黒い瞳とぶつかって、心臓が軋《きし》んだ音を立てた。それを悟られまいとサングラスを元に戻し横柄《おうへい》な態度で顔を背ける。

黒服の集団に先導されて空港ロビーを横切りながら、本当に面倒なことになったものだと、エセルはいまひとたび、胸中で大きなため息をついた。

父のネームバリューを最大限利用するつもりでつけた芸名——エセルバート・ブルワーの名で、上篠《かみじょう》エセルは俳優活動をしている。活動の場は、日本ではなくアメリカだ。

父の名は、ダグラス・ブルワー。

現在ニューヨーク州選出の上院議員で、世界規模で活躍していた元俳優。

ハリウッドで俳優業をしていた父が、プロモーションで日本に立ち寄ったときに見染めたのが、配給会社に勤務していたエセルの母だったのだという。

だが、ふたりが生活をともにすることはなく、エセルは母とともに日本で育った。

父を頼って渡米し、俳優業に身を投じたのは高校卒業後のこと。

たとえ親の七光と言われても、それに見合うだけの努力をしていれば何も恥じることはないと腹を括って、その一方で必要とあらば父の名をしたたかに利用もしながら、着々と実績を積むこと十年あまり。

スクリーンでの主演経験はないが、テレビシリーズが売れて、米国内はもとよりレンタルやケーブルテレビの普及した日本においても、名を知られるようになった。

父譲りの演技力と、血が混じったがゆえの際立つビジュアル。

滑らかな肌は欧米人のそれとは違う肌理《きめ》細かな白さなのに、蜂蜜色の髪と、蜂蜜色の瞳。スレンダーな長身は、二十代半ばをすぎてなおしなやかさを失わず、双方の長所のみを集めて生みだされたかのようだ。

見る者にノーブルな印象を与える整った容貌《ようぼう》は、パワフルさに男性的な魅力《みりょく》を見出《みいだ》す傾向にある本国よりも、アジア諸国でのほうが受け入れられやすいのではないかと言う評論家もいる。

ビジュアルではなく演技力で評価してほしい、なんて青いことを言うつもりはない。総じて自分だと思うからだ。

順風満帆《じゅんぷうまんぱん》とまでは言わないが、それでもしただけの努力は実を結び、こちらからプロモーションをかけずとも仕事の依頼が舞い込むようになってきた矢先。よもや、俳優バカのような父が政治の世界に進出しようとは。しかも、かつて演じたヒーローさながら、正義の名のもとにマフィア根絶《こんぜつ》を掲《かか》げ、その矢面《やおもて》に立つなんて、まったく思いもよらないことだった。

ニューヨークは、米国マフィアの本拠地だ。

闇社会が父を敵とみなしたのは言うまでもなく、結果としてその魔の手は、息子であることを公表しているエセルにも伸ばされることとなった。

おかげで、アメリカ国内ではシークレットサービスに張りつかれ、毎日毎日息のつまる思い。

久しぶりに日本での仕事が入っていて、父には「キャンセルしろ」と言われたものの、とにかく米国を抜け出したくてスケジュールを強行した。

今回は、マスコミをにぎわせるような来日ではない。仕事とはいっても、先々のための打ち合わせや、プロモーション用の撮影が主で、そこまで大袈裟《おおげさ》に騒がれるほどの立場でもないと思っているが、いわゆる極秘《ごくひ》裏《り》のものだ。

だから、いかにしつこいマフィアとはいえ、日本まで追ってはこないだろうと高を括っていた。日本を主な活動の場としているのはチャイナや台湾のマフィア組織であって、米国コーサ・ノストラではない。マフィアだって効率を考えるだろうし、狙われるとすればアメリカに戻ってからだ。

エセル自身はそう考えてさほど心配していなかったのだが、どうやら父が無駄《むだ》な気を利《き》かせてくれたらしい。そんな暇があったら、自分の身を案じていればいいものを。

成田空港に降り立った途端、胸にSPバッジをつけた大柄な男たちに囲まれたエセルがウンザリとため息をついたのには、そんなわけがあったのだ。

だが、一番のため息の理由は、別にある。

アメリカに渡るときに、日本に残していった想い出のなかにある。

仰々しい警備のなか、辿り着いた宿泊予定のホテル。

分相応《ぶんそうおう》のスイートルームのはずだったのに、これも父が命じたのか、エグゼクティブフロアのインペリアルスイートに変えられていた。コネクティングルームには、SPが泊まり込むのだという。本当にウンザリだ。

警護など不要だと主張しても、上からの命令だの一点張りで、指揮官はまったく取り合おうとしない。

当の本人がいらないと言っているのに。

まるで、胸中の焦りを見透《みす》かされているような気持ちになる。

先着隊によって蜘蛛《くも》の子一匹逃がさぬ勢いで「検索」「洗浄」された部屋の中央、大きなソファに腰を下ろして、正面に立つ男の顔を今一度うかがう。

精悍《せいかん》さを増した面立《おもだ》ちと、射抜くような鋭い眼差し。

上げた視線が、まっすぐにかち合う。

空港で、その顔を目にしたときの衝撃《しょうげき》が、蘇《よみがえ》る気がした。

——なんでSPなんかやってるんだ……。

思わず胸中《きょうちゅう》で毒づいて、そういえば彼は代々警察官僚を輩出《はいしゅつ》している家柄の次男坊だと聞いた、古い記憶を掘り起こす。

視線を逸らしたい衝動《しょうどう》に駆られながらも、エセルは懸命に黒い瞳を見返した。わずかな感情の乱れさえ感じられないその揺るぎなさが、秘めた感情を逆撫《さかな》でる。

「もう一度言います。SPなど不要です。お引き取りください」

無駄を承知でさらに言い募れば、言葉をかけた本人ではなく、やはり指揮官である上司が応じた。

「どうしてもご納得いただけないのであれば、依頼人であるお父上と直接交渉してくださ い。上からの任務中止命令がない限り、我々は動けませんので」

部屋の窓際のデスクに置かれた電話から受話器を取り上げ、外線ボタンを押して、「どうぞ」と差し出してくる。

さすがに我が儘な要人の扱いにも慣れているらしい、その対応にますますため息を誘われたエセルは、受話器を受け取って通話ＯＦＦボタンを押し、それを持ちかえて差し出した。

「ありがとうございます」

慇懃に腰を折って受け取る、整ったインテリ顔に張りつくのは、完璧なアルカイックスマイル。受け取った受話器を背後の部下に渡して、指揮官は「それでは――」と、警護の注意事項の通達をはじめる。

もうずっとシークレットサービスに張りつかれている立ち場としてはいまさらな説明を半ば聞き流しながらも、過敏になった神経は張りつめたまま、滔々《とうとう》と説明をつづける指揮官の傍《かたわ》ら、直立不動で控える男の存在を、肌から、細胞のひとつひとつから、感じ取っている。

「お側《そば》には、空港でごあいさつさせていただいた神野と、こちらの浅海《あすみ》が交代でつかせていただきます」

長身の男と、その隣に控えていたクールな風貌《ふうぼう》の細身の男が進み出る。そして、訓練の習熟度がわかる仕種《しぐさ》で一礼した。

その風貌で威嚇《いかく》するシークレットサービスよりも控えめな印象だが、だからこそ内に秘めたポテンシャルを感じさせる雰囲気だ。どんなに気配を消されたところで、視界に入れば同じこと。

「落ち着けないんだけど」

大きなため息とともに訴えれば、指揮官と細身の男が部屋を出て行く。

だが長身の男はそれにならわない。どうやら今日は、彼のほうが自分の側付き担当らしい。ますます深いため息を誘われた。もうひとりの彼でもいいだろうに。

飛行機だろうが鉄道だろうが車だろうが、長距離の移動なんてもはや慣れっこのはずなのに、どっと疲れが押し寄せて、エセルはやわらかな髪を掻き上げ、大きく息をつく。肺にたまった澱《おり》を吐き出すかのように。

ソファを立って、電話に手を伸ばす。受話器を取ってボタンを押そうとすると、サッと大きな手に遮られた。

「どちらへ?」

間近から降る、低い声。短く発せられたそれが肌に余韻《よいん》を残して、距離の近さを知らしめる。ゆっくりと顔を巡らせると、思った以上に至近距離に、その顔があった。

自分だって平均身長以上あるはずなのに、これが体格差というものだろうか、並ばれる

SP

と圧迫感すら感じる。音もなく傍らに立った男を見上げて、エセルは不服を口にする。

「コーヒーくらい、自由に飲ませてほしいんだけど?」

ルームサービスも頼めないのかと訴えれば、男はエセルが手にした受話器を、慇懃ながらも有無を言わせぬ仕種で取り上げた。

「すべて自分にお申しつけください」

「SPが付き人のまねごとまで? 聞いたことがない」

SPは護衛が仕事であって、身のまわりの世話まではその範疇《はんちゅう》ではない。民間のボディガードなら、要望《ようぼう》に応じてさまざまな仕事もこなすけれど、公僕《こうぼく》である日本のSPが、与えられた仕事以上のことまでするなんてありえないことだ。

「今回あなたは、安全を考えてろくなスタッフもお連れになられていないとお聞きしています。できる限りのことはさせていただきます」

シークレットサービスを振り払った息子の無茶《むちゃ》に、頭を抱えた父が、日本警察に我が儘を言ったらしい。事実、今回の来日には、エージェントひとりしか付き添っていないし、そのエージェントとも、仕事のとき以外は別行動だ。

普段からあまり多くのスタッフを連れ歩いたりしないエセルだが、今回は特別気を遣っている。護衛を断ったことで万が一にも襲われたとなればそれは自分の責任だが、その結果として周囲に害が及ぶのは本意ではないからだ。

そもそも米国の映画やショービジネスの世界には、日本の芸能界とは違って所属事務所というシステムがない。タレントも俳優も、契約などを扱うエージェントを個人的に雇っている。そのエージェントが出演交渉などのマネージャー的な役目を負うのだが、これもまた日本の芸能界におけるマネージャー職とイコールでは語れないのが複雑なところだ。

「それも父の依頼？」

問われたSPは答えない。

黙することも仕事だと言わんばかりの、控《ひか》えめながらも強固《きょうこ》な姿勢で、ただそこにいる。

「わかった。もういい」

問いつめるのも面倒になって、ソファに戻る。腰を下ろす前、その背にかかる、聞きなれない呼び声。

「ミスター・ブルワー」

たぶん、コーヒーだけでいいのかとか、アメリカンにするかブレンドにするかとか、砂《さ》糖《とう》やミルクの好みとか、そんななんでもないことを尋ねようとしたのだろう、その呼びかけの先を、エセルは必要以上にきつい声で遮《さえぎ》った。

「その呼び方やめてくれ」

男は、再び黙《もく》す。

振り返り、その顔を見据えて、触れないほうがいいのかもしれないと、日本滞在中ずっと、気づかないふりで通すべきなのだろうと、つい今の今まで思っていたことをあえて指《し》摘《てき》した。

「上篠。——忘れた？」

自分の名前を忘れたのかと、この顔を忘れたのかと、口調に辛辣《しんらつ》さを含ませて問う。今度も黙するに違いないというエセルの予想を裏切って、男——神野は口を開いた。

「立場がある」

返された言葉は、さきほどまでのものと違って、覚えのある無愛想《ぶあいそう》さで、でも神経を逆撫でする慇懃なものよりずっといい。

「ふうん？　みんな、知らないんだ？　僕たちが同級生だってこと。調べればすぐにわかるだろうに」

「……」

話す気になったのかと思いきや、神野はまたも黙してしまう。それ以上の説明も言い訳も不要だとでも言いたげに。

空回りした気持ちで、エセルは眉間《みけん》にわかりやすく皺《しわ》を刻んだ。不快感を知らしめるためと嫌でもわかるその態度にも眉ひとつ動かさない職務に忠実なＳＰに向かって、本来は付き人の仕事を言いつける。

「カプチーノとクロワッサンサンドとサラダ。具はなんでもいいから、適当に見つくろって。――シャワーを浴びてくる」

横柄に言い放って、背を向ける。

ベッドルームのドアを閉めて、そのドアに背をあずけ、天井《てんじょう》を仰《あお》いで深い息を吐き出した。

「なんなんだよ……」

瞼《まぶた》を閉じると、想い出したくないことまで想い出してしまいそうになって、すぐに上げる。

自分は、こんなに嫌なやつだったろうか。

そんな苦い想いを噛みしめながらシャワーで長旅の疲れを洗い流し、ラフな格好《かっこう》に着替えてリビングに戻ったエセルを出迎えたのは、完璧《かんぺき》に整えられたテーブルだった。オーダーした品のほかに、フレッシュジュースとミネラルウォーター、コーヒーのポットまで並んでいる。

湯気を立てるカプチーノは、タイミングを見計らって運ばれてきたとわかる絶妙《ぜつみょう》な温度。

これがぬるければ、気が利かないと、だからこんなことまでする必要はないと、言えるのに。

壁際《かべぎわ》に控える長身は、嫌でも目の端《はし》に映って、味覚を鈍らせる。

その視線は、じっと自分に注がれているわけではない。まっすぐに空《くう》を見つめている。

それでも、この空間にふたりきり。

息苦しくて、奇妙《きみょう》に頬《ほほ》が火照《ほて》る。

いやがおうにも、その気配を意識しないわけにはいかなかった。

2

レンタルショップに足を運べば、出演作品が一番目につく場所にズラリと並んでいる。その多くが「貸出中」だ。

とくに最新主演作は、海外ドラマファンの間では、今一番注目されている人気作品で、地上波での放映権をかけて民放各局が熾烈《しれつ》な争いを演じた結果、つい最近になって某局に決定したらしいと聞いた。

本人が自分をどう評価しているかは別にして、エセルバート・ブルワーは、大々的に来日が報じられれば、間違いなくメディアが大騒ぎするレベルの人気俳優で、ボディガードも雇わず、特殊な事情があったからとはいえろくなスタッフも連れずにやってくるなんて、そもそも考えられないことだ。

慌《あわ》てた父親が、ありとあらゆるコネを使って日本警察にＳＰの派遣を依頼してきた気持ちもわかろうというもの。付き人がわりに使ってもいいかなどとは、さすがに訊かれなかったようだが、命令のなかの「臨機応変《りんきおうへん》に」というくだりに、そのあたりのニュアンスが含まれている。

「どうもご本人の自覚がかなり欠落しているようだ。充分注意してほしい」

チームを率いる來嶋《きじま》の指摘に、一同が頷く。

怯えて日常生活もままならなくなる警護対象もやりにくいが、それ以上にやりにくいのが、来るなら来てみろと言わんばかりの豪胆《ごうたん》すぎる人物。そしてさらに厄介《やっかい》なのが、危険を自覚していないタイプだ。今回はそれにあたる。面倒な任務ではあるが、自分たちが担当するのは往々にして厄介な案件だから、さもありなんと言えるだろう。

警備部警護課は、総理大臣担当、国賓《こくひん》担当というように、チームごとに担当がわかれているが、神野《じんの》と相棒の浅海《あすみ》が所属しているのは、担当外の警備を担《にな》う係だ。

法律によってSPの派遣が決められているのは、内閣総理大臣と衆議院議長と参議院議長と国賓。だが、さまざまな理由で、それ以外のVIPからも、警護依頼が舞い込む。そういった依頼に対応する係が、各担当とは別に設置されているのだ。

一番多いのは、政治家や各種団体のお偉方《えらがた》の警護だが、今回のような華《はな》やかな世界からの依頼も、多くはないがときおりある。

「滞在中のスケジュールは先に連絡した通りだが、変更や時間の遅れは多いと思われる。

その都度《つど》対処してほしい。それほど扱いの難しい方ではないようだが、言動には気をつけるように」

「了解《ラジャ》！」

チーム内の担当は、常に警護対象本人に張りついている役目と、それを周辺からフォローする役目とにわかれるが、そのうち警護対象の側近くにつく要員は、周囲を威嚇するためにいかにもな風貌の者が選ばれる場合と、秘書等の警護対象側のスタッフに化けられる容姿《ようし》の人間が担当する場合とがある。今回はどちらの場合にも対処可能なように、大柄な神野と、細身でクールな風貌の浅海が選ばれた。

「あの容姿は目立つから、一般人に気づかれる可能性も高い。基本的には、近寄れないように威嚇していい」

神野に向けて、「こっちの自覚も薄いようだから」と、來嶋《きじま》が注意を促《うなが》す。「わかりました」と頷くと、キャリアにしか見えない風貌で実は叩き上げの上司は、わずかな思案のそぶりを見せた。

「なんなら、付き人の役目は私がかわるが？」

やりにくくはないかと部下を気遣うその言葉に、自分にしかわからないニュアンスを感じ取る。神野とエセルの関係を知るのは、このなかでは指揮官である來嶋だけだ。

「いえ、大丈夫です」

なんの感慨《かんがい》も感じさせない声で返す神野の横顔に、浅海が一瞥《いちべつ》をよこしたが、言及《げんきゅう》する言葉はなかった。

マルタイ――警護対象者が何者であろうとも関係ない。たとえそれが凶悪犯であったとしても、暴利《ぼうり》をむさぼる悪徳政治家だったとしても、守れと言われれば守る。防御の壁となり楯となるのがＳＰ――セキュリティー・ポリスの仕事だ。

だから、警護対象に、特別な感情は抱かない。

感情の揺れは、咄嗟の判断力を鈍らせる。

神野ひとりが特別に己《おのれ》を律しているわけではない。相棒の浅海も、ほかの仲間も、皆同じだ。

「彼に何かあれば、マスコミのバッシングは必至だろう。何より――」

そこでいったん言葉を切った來嶋は、厳しい表情を浮かべる部下をぐるりと見やって、そして口許《くちもと》をゆるめた。

「――シリーズの続編が見られないのは、私も本意ではない」

ただ上から檄《げき》を飛ばすのではない、状況を茶化《ちゃか》しながらも、気合を促す言葉。「心してかかってくれ」との締めに、一同は短く応《いら》えを返した。

セピア色に染まりきれない記憶のなかで、自分はいつも横柄で、可愛《かわい》げのない言葉ばかりを吐く。

――『助けてもらうほどのことじゃなかったのに』

助け起こそうと伸ばされた手を振り払って、自力で立ち上がり、埃《ほこり》を払った。

突き放す声は、震えてなどなかったはずだ。演技は完璧だった。

それでも、横顔に注がれる視線を見返すことはできなかった。

訝《いぶか》る視線が、やがてある種の鋭さを帯びはじめて、視線を巡らせたときには、もはや手遅れだった。

黒い瞳にとらわれて、次に感じたのは、肩の痛み。

大きな手に掴まれたためだと気づいた次の瞬間には、視界が陰《かげ》っていた。

――『神…野……?』

掠れた声に滲《にじ》む戸惑い。

見開いた蜂蜜色の瞳の中心には、その日まで、遠目にしか映したことのなかった顔がある。

外気が肌寒さを感じはじめていた、晩秋《ばんしゅう》の出来事《できごと》だった。

夕暮れの、茜色《あかねいろ》の陽が、斜めに差し込んでいた。

それだけが、やけに鮮やかに、記憶に刻まれている。


夢見が悪くて、眠りが浅かった。そのつもりがなくても、ついつい不機嫌《ふきげん》になってしまう。

濃いコーヒーで強引に目覚めを促して、エセルは軽く頭《かぶり》を振り、髪を掻き上げた。

テーブルには、ルームサービスのイングリッシュブレックファーストが並んでいる。一日のはじまりに必要な栄養を摂取《せっしゅ》しなくてはいけないとわかってはいても、誰かに見られながら、しかも自分ひとりだけ食べるのは、決して気分のいいものではない。

壁際に控えるSPがふたり。

事前に渡されているスケジュールから逆算したのだろう、エセルが着替えを終えたタイミングでドアがノックされ、朝食をのせたワゴンが運ばれてきた。

頼んだ覚えも訊かれた覚えもないのに、濃《こ》く淹《い》れたコーヒーとクロワッサンとスクランブルエッグ、そしてたっぷりの生野菜とフルーツ。基本メニューでありながら、さりげなく好みが取り入れられた皿は、米国で常に誰かしら自分の世話をしてくれるスタッフがいる状態での生活と、なんら変わらない印象をエセルに与える。

だがそれも、壁際に控《ひか》える男の顔を見てしまえば、現実に引き戻されて霧散《むさん》して終わるけれど。

父が派遣依頼したシークレットサービスに張りつかれていたときも、同じように憂鬱《ゆううつ》な気持ちになったけれど、今よりはマシだった。

ほとんど手をつけないままフォークを置くと、それまで直立不動で空《くう》を見つめていた視線が動くのを感じた。

神野ではない。浅海と紹介された、彼の相棒《あいぼう》のほうだ。

「もうよろしいのですか?」

傍らに立った彼は、食の進まないエセルを気遣う。神野とは対照的な、細身でクールな相貌《そうぼう》は、威圧感《いあつかん》はないかわりに機械的な冷たさを感じさせるものの、その声音《こわね》はやわらかい。

「顔色が優《すぐ》れないようですが、スケジュールを変更なさいますか?」

「いえ……」

気遣われて、感謝しこそすれ居心地《いごこち》の悪さを感じるなんて…と、ますます陰鬱《いんうつ》な気持ちになりつつ、一度は置いたフォークをとり上げる。オレンジ色のプチトマトを、もそりと口に運んだ。

それまで空《くう》を睨《にら》んでいた神野の視線が自分を捉《とら》えたことが気配《けはい》でわかって、エセルは胸中でひっそりとため息をつきつつ、さらにスクランブルエッグをひと口。それを、冷めかけたコーヒーで喉《のど》に流し込んだ。

神野が、耳に仕込んだイヤホンに手を添《そ》える。袖口に仕込んだマイクに「了解」と短く応じる声。

「ミスター・クレイトンが下に到着されました」

安全のために、別のホテルに宿泊しているエージェントを乗せた車が、ホテルの車寄せに到着したと連絡が入ったようだ。

ジム・クレイトンは、元々は父のエージェントを長く務めていたこの業界の大ベテランで、父が俳優業を休業して政界進出を果たしたときに、ちょうど力のあるエージェントを探していたエセルに紹介してくれたやり手だ。ここのところのエセルの成功にはクレイトンの力が大きく影響している。

いつもなら、同じホテルに滞在《たいざい》して、仕事の話をしつつ常《つね》に行動をともにするのだが、今回はできる限り別行動をとってもらうように、エセルのほうから申し出た。

まず大丈夫だろうというものの、万が一の事態に無関係の彼が巻き込まれるようなことがあっては申し訳ない。クレイトンは気にしなくていいと言ってくれたのだが、親子で迷惑をかけるわけにはいかないと思ったのだ。

「すぐに行くと伝えてください」

残りのコーヒーを飲みほして、腰を上げる。

ラフなジャケットスタイルに、念のためのサングラス。今日は映画配給会社と広告代理店を交えた打ち合わせと、雑誌のインタビューだから、ヘアメイクも必要ない。依頼があればビジュアルをつくり込みもするが、普通のインタビューのときには、エセルは基本的にいつも素《す》のままなのだ。

護衛がつくと、部屋のドアひとつ、自分では開けられない。こういったなんでもないことが、実は結構ストレスだったりする。子どものころからそうした生活に慣れているのなら話は別だろうが、日本ですごした高校卒業までの間、エセルはごく普通の家庭で育っている。

前後を挟《はさ》まれて、廊下《ろうか》を歩く。

大柄なSPが一緒だから、エレベーターも窮屈《きゅうくつ》だ。すぐ側に、神野の逞《たくま》しい肩がある。優雅《ゆうが》なたたずまいをみせるラグジュアリーホテルのロビーを横切る一種異様《いっしゅいよう》な集団。チェックアウト時間がすぎたあとだから、それほど人が多いわけではないが、やはり衆《しゅう》目《もく》を浴びてしまう。なかにはエセルに気づいた人もいるようだが、この状況で声をかけられるわけもない。

車寄せには、SUV型の四輪駆動車と乗用車。スモークガラスに耐弾ボディ。どちらも警備用の警察車両だ。

四駆に近寄ると、サッとドアが開けられる。そうして乗車を促すのは神野だ。

「ありがとう」と言えばいいのだろうけれど、一瞬躊躇ったために声が出せなくなって、そのまま乗り込んでしまう。だが車内には、米国での活動時と寸分《すんぶん》違わぬクレイトンの笑顔があって、エセルはホッと肩の力が抜けるのを感じた。サングラスを外す。

「おはようエセル、よく眠れたかい？」

「おはよう、ジム。なんとかね」

エセルの父と変わらぬ年代のクレイトンは、口髭を蓄えた紳士で、やさしく穏やかな人物だ。一見するとてもショービジネスの世界に身を置いているようには見えないが、この笑顔に騙《だま》される、と言われるほどのやり手でもある。

SP

そんな彼の目をごまかせるはずもなく、実父以上に鋭《するど》いのではないかと思わされる指摘が投げられた。

「朝食をちゃんと食べてないね。やはり一緒のホテルに移るべきかな。私はずっと君のパパと一緒に仕事をしてきたんだ。少々のことは平気だよ」

　自分のことは気にしなくていいからいつも通りに仕事をしようと言われる。それに、警護をつけないから、万が一のことを考えて別行動にしたいというエセルの申し出を呑《の》んだだけのことであって、ＳＰがつくことになったのなら平気ではないか、と。

　米国を発つ前から数えてもう何度目かしれないクレイトンの申し出に、エセルは今度も否《いな》と返す。

　クレイトンの言う通り、ＳＰが守ってくれるのなら、そこまでする必要はないのかもしれない。だが、それとは別の問題が浮上《ふじょう》した今、精神力を削《そ》がれる状況は極力減らしたかった。察しのいいクレイトンは、長く時間をともにすれば、エセルの様子がおかしいことに気づいてしまうだろう。そのときに返せる言葉が見つからないのだ。

「ダメだよ。何があるかわからないんだから。――そのパパのせいでね」

　きっぱりと首を横に振り、最後に少々おどけてみせると、敏腕《びんわん》エージェントは「しょうがないね」と苦笑した。

「予定通り、六本木《ろっぽんぎ》に向かいますが、よろしいでしょうか？」

「お願いします」

ステアリングを握《にぎ》る浅海の問いに、おっとりと返したのはクレイトン。それを受けて、助手席の神野が、無線に指示を出す。前の車が動き出して、すぐに四駆も滑《なめ》らかに発車した。

いつもなら、移動時間は睡眠にあてるところだが、今回はこんな状況だから、クレイトンとの打ち合わせに費《つい》やされる。

英語と、ときおり日本語が混じるのは、父が母と出会ったころからともに仕事をしていたクレイトンも、日本語を話せるからだ。そもそもあの当時、父に日本での仕事を勧《すす》めたのはクレイトンだという。その助言がなければ、エセルが生まれることはなかったのかもしれない。

バックミラー越しに、神野の視線。

それは、自分に注《そそ》がれているだけではなく、車の背後を気にしているのだと、わかっているけれど、常に見られている気持ちになる。

つい誘惑に駆《か》られて、顔を上げる。

まっすぐに、神野の視線とぶつかった。

揺らぐことのない黒い瞳から、逃げるように瞼を伏せる。烟《けぶ》る蜂蜜色の瞳を、同じ色の睫毛が彩《いろど》る。

そのさまに、バックミラー越しに注がれる黒い眼差しが、ほんのわずか細められた。

3

学校という閉鎖《へいさ》空間だからこそ目立つ存在というのは、どこにでもかならず何人かはいて、部活動だったり成績だったり学校行事におけるリーダーシップだったり、おのおのの得意分野で注目を集めているものだ。

だが、子どもの世界を飛び出してもなお通じる本物の魅力《みりょく》を持つ存在となると、そうそうお目にかかれるものではなくなる。

上篠《かみじょう》エセルが、人気俳優ダグラス・ブルワーの実子であることは、高校入学当初から暗黙の了解となっていて、同じ中学から進学した地元の同級生たちはもちろん、教職員たちも、とりたてて口にすることのない周知の事実だった。

その空気が、新たな同級生たちや上級生たちにも伝播《でんぱ》して、腫《は》れものに触れるような特別扱いこそないものの、それでもどこか遠巻きにされるような、独特な世界がエセルを取り巻くようになるのにさほど時間はかからず、そしてそれは、本人の意思とは関係なく、卒業まで変わることはなかった。

エセルがまとう輝きの違いを、同級生たちが、意識無意識を問わず、感じ取っていたがゆえの反応だったといえる。

だが、エセル自身は、ごく普通に学生生活を楽しんでいるつもりだったし、父のことなどかまわず普通につきあってくれる友人にも囲まれていた。

国際化が進む昨今《さっこん》、ハーフは珍しいものではない。同級生のなかには日本育ちの欧米人もいたし、私立高校だったこともあってか比較的国際色豊かな環境にあった。

だが、そうした周囲の状況を加味《かみ》しても、それでもエセルの蜂蜜色の瞳と髪は、常人以上に人目を惹《ひ》く魅力を持っていた。

甘そうに潤むハニーゴールドの瞳は真っ正面から見返すのを躊躇《ちゅうちょ》させる。

同じ色の髪は、太陽光を映し取ったかに、より華やかに整った容貌を飾り、スレンダーな頭身《とうしん》を際立《きわだ》たせる。

だがそうした魅力には、往々にして本人は無自覚なもので、無邪気《むじゃき》でかまえたところのない性質が、またさらなる魅力を加え、特別な存在であることを周囲に強く印象づける。

一握《ひとにぎ》りの近しい友人たちは別として、多くの学生たちは彼を遠目にうかがうしかできない状況にあったし、エセル自身も、自力では変えようのない状況が自分を取り囲んでいることは自覚していた。

自身がそうだからというわけではなかったが、同様に注目を集める同級生たちにも、どうしても目が向いた。自分に興味を示さない存在にはとくに。

多くが、エセルを取り込もうとした。

純粋に友人関係を結ぼうとするのではなく、たとえば生徒会役員選挙を有利に運ぶために、たとえば学校行事の華やかさを煽《あお》るために、エセルに向けられる周囲の目を利用しようとする者も多かった。

派手なことに興味のなかったエセルは、そうした誘いの多くを断っていた。それでも似たような誘いがあとを絶たなかったのは、嫌だと思いながらも邪険にすることができなくて、強く拒絶することがなかったから。衆目を集める存在だからこそ、その態度如何《いかん》によってはちょっとしたことで反感を買いやすいことを、子どものころからの経験上、エセルは知っていた。

だから、あまり交友を広めようとはしなかった。純粋な友情を向けてくれる友人たちはそれを知っていて、決してエセルを担《かつ》ぎ出そうとはしなかった。

だからこそ、周囲の目や声に惑わされることなく、己を貫く硬派な存在は、エセルの興味をそそった。

数々の武道大会で好成績を残し、新聞の地域欄でその名を目にすることも多かった神野《じんの》威《たける》は、その功績《こうせき》に学生たちが騒いでも、校長が調子のいいおべっかを使っても、常にどこ吹く風。自分のことなのに、まったく我関せずといった様子で、己のペースを乱すことのない、無口で愛想に乏《とぼ》しい同級生だった。

彼の実家は代々警察官僚を輩出している家で、幼いころから武道をたしなんでいるのだと聞いた。そうした背景も影響していたのか、その姿は、ストイックで硬派な印象を、エセルに強く抱かせた。

放課後、道場のある第二体育館脇を通りかかると、鍛錬《たんれん》にいそしむ彼の姿をよく目にした。ギャラリーが騒いでも、一切関知《いっさいかんち》しない。ただただ練習に集中する姿。

そんな神野を目にするたび、憧れにも近い感情が湧いた。

あんなふうにふるまえたら、どんなにいいだろう。

同時に、何があろうとも己を貫く神野の目には、自分のような人間はあまりいい印象で映されていないのだろうな、とも感じた。それ以前に、自分になど興味もないだろう。彼の目はきっと、己が価値を見出したものしか映さない。

だから、珍しく自分から興味を抱いた相手だったというのに、ろくろく言葉も交わさないまま、最終学年に進級してしまった。自分から声をかけることなどできなかったし、ふたりを繋《つな》ぐ存在もなかった。

一度でも同じクラスになれていたら、状況は変わっていたかもしれないが、そんなチャンスに恵《めぐ》まれることもなく、三年の秋ともなれば、部活動も引退の時期を迎える。

道場で鍛錬に励む神野の姿を目にすることもなくなるのか…と、だからどうしたというわけでもないけれど、そんなことを考えていた。

昼間は長く残る晩夏《ばんか》の気配も、さすがに鳴《な》りを潜《ひそ》める、暦の上では秋のこと。陽が落ちれば、外気はふいにひんやりと、肌の熱を奪いはじめる。

あと数カ月で高校生活も終わる、少々感慨《かんがい》深い気持ちに駆られはじめるころ。

同時に、進学や就職への、期待や不安がより大きく胸中を占めはじめるころ。

その後のエセルの人生を左右する、忘れられない出来事が起きたのは、そんな時期のことだった。


放課後遅い時間の第二体育館。

学校の敷地の、一番端のあたりだ。

部活動が活気づいている春から夏すぎの時期なら、練習を見学する学生たちが遅い時間までたむろすることもあるが、秋の大会も終わったこの時期、しかも下校時刻をとっくにすぎ、裏門しか開いていない時間帯ともなれば、用がなければ誰もこない場所だ。

だからエセルも、己の意志で足を運んできたわけではなかった。呼び出されたのだ。知らない相手ではなかったから、訝りながらもそれに応じた。

学年のリーダー的存在で、委員長や生徒会長を歴任していた目立つ存在だった。エセルを巻き込んで、役員選挙や学校行事を派手《はで》に演出しようとしたことがこれまでに何度かあって、その都度断ってきた相手だった。

嫌っていたわけではない。ただなんとなく、フィーリングが合わなかった。価値観がずれているようで、向こうはエセルに強い興味を示すものの、エセル自身はあまりかかわりたいと思わなかった。

興味がないと、派手派手しいことは好まないと、毎回言うのに、自分の価値観を主張するばかりでちっともエセルの意志を汲《く》みとろうとしない自己中心的なところも、強いリーダーシップの持ち主として彼を祭り上げる周囲の反応とはうらはらに、エセル自身はいい印象を抱かなかった。

また自分に何かさせたいのだろうか。

どうして嫌がっているとわかってくれないのだろう。

そんな憂鬱な気持ちに駆られながらも、無視するわけにもいかず、出向いたのだ。

だがそれは、大きな間違いだった。エセルが抱いた印象以上に、相手は自己中心的でこちらの気持ちなどまったく汲みとろうとしない人間だった。

練習が終わったあと、一度は施錠《せじょう》されたらしい第二体育館。その鍵《かぎ》を、元生徒会長の権限で持ち出したのか、部活動の汗の匂いすら引いたあとの薄暗い空間でエセルを待っていたのは、呼び出した本人だけではなかった。

ほかにふたりいた。いつも彼と行動をともにしている、彼ほどではないにせよ目立つふたりだった。学園祭のときに、大騒ぎしていたのを覚えている。体育祭でも、活躍していた。

「なんの用？」

エセルの問いかけに答えるかわりに、三人はエセルを取り囲んだ。

「……？　なに？」

エセルは、細身ではあっても長身なほうで、だから三人を見上げるようなことはなかったけれど、それでも自分と変わらないかそれ以上の体格を持つ学生に囲まれれば、圧迫感を感じる。

しかも、ひと気の失せた学内だ。そのひっそりとした空気は、学校を舞台《ぶたい》にした怪談話《かいだんばなし》が綿々《めんめん》と受け継がれる理由を肌を通して理解できてしまうほどの、気持ちの悪さを帯びている。

第二体育館は、主に武道系の部活で使用する設備が置かれていて、一角には畳敷《たたみじ》きの道場があった。屋外には弓道場もある。一番広い面積がとられているのは板張りの道場で、床には剣道用のラインが書かれている。

武具類は、基本的に倉庫や各部室にしまわれているものの、木刀など、壁に飾られているものもある。そうした、昼間見ればなんでもないものが、薄気味悪《うすきみわる》さを強調させていた。

「なんでこなかった?」

「……え?」

「試合。見にこいよ、って、言っただろう?」

「……」

彼は、役員活動の傍らバスケットボール部にも所属していて、主力選手だと聞いていた。たしかに、廊下ですれ違ったときに、試合があると声をかけられはしたけれど、強く誘われた印象はなかった。だから、交友関係の広い彼のことだから、顔見知り皆に声をかけているのだろうと思っていた。

それを責められるなんて……。

答えあぐねていると、無視していると受け取られたらしい、相手の語調《ごちょう》が荒《あら》くなりはじめる。彼に従っている残りのふたりからも、ムッとした気配が伝わってきた。

「あいっかわらず、お高くとまってるな。この俺が何度誘っても無視かよ」

「……え？　違……」

因縁《いんねん》をつけられても、憤《いきどお》りより戸惑いが大きくて、言葉に窮《きゅう》してしまう。

ごめんと謝ればいいのだろうか。だが状況的にみて、それも逆効果だろう。ではいったいどうしたら？　彼は自分に何を求めているのか。

「その綺麗な顔でニコニコしてりゃ、誰でもやさしくしてくれると思ってんだろ！」

「……っ！」

襟元《えりもと》に手を伸ばされて、咄嗟に逃げをうったら、残りのふたりに背後を固められた。

「な…ん……っ」

息苦しさに呻《うめ》きながらも、相手の顔を見返す。すると、目の前の彼なのか残りのふたりなのか、ゴクリと喉を鳴らす音が聞こえた。途端、ゾッと背筋を冷たいものが突き抜けた。

「……っ！」

胸倉《むなぐら》を掴《つか》む手を振り払い、背を向ける。だが、すぐに前を塞がれて、逃げ場を失った。

「なんなんだっ!?」

主犯格の彼を振り返り、自分をいったいどうしたいのかと問う。文句があるならもっとはっきりと言ったらいい。殴りたいなら殴ればいい。

「なんだ？　だって？　あれだけひとを邪険にしておいて、よく言うぜ」

「僕はそんなつもりは……っ、君が勝手に……、……っ！」

突き飛ばされて、背後のふたりに両側から腕を捕《と》られた。

「勝手にだと？」

「……くっ」

またも胸倉を掴まれて、捕られた腕とあいまって、身動きがままならなくなる。

「自分は特別だと思ってる王子様は言うことが違うな」

それはおまえだろう！　と怒鳴り返したくても、息が苦しくて声が出ない。

「生意気な口が利けないようにしてやるよ」

三人がかりで暴行されるのだと覚悟した。

だが、三人の目的は、エセルの思いもよらないところにあった。

体育館の端に引きずられていって、壁に叩きつけられる。三人がかりで押さえつけられ、まずは乱暴にネクタイを抜かれた。ブレザーのボタンを引きちぎる勢いで、前をはだけられる。

——……え？

恐怖よりも、まず困惑《こんわく》が勝った。自分が何をされようとしているのか、咄嗟に理解できなかったのだ。

「な、何……っ、やめ……っ」

暴れようとしたら床に押さえつけられて、抜かれたネクタイで両腕を拘束された。

「静かにしてろよ。どうせはじめてじゃないんだろう？」

蔑《さげす》まれてはじめて、追い込まれた状況を真に理解する。

「……!?　な…にを……っ」

そんな噂まで立っていたとは。このときまで知るよしもなかった。バカバカしい！　と返したいけれど、それどころではなくなる。鳩尾《みぞおち》に一発、拳《こぶし》を捻《ね》じ込まれたのだ。

「……っ！」

呻いて、咳き込みつつ、床に転がった。

その隙に、ワイシャツに手をかけられる。ベルトを抜かれて、フロントに手を伸ばされ、足を蹴り上げたら、今度は頬を張られた。

「おとなしくしてろって。せっかくの綺麗な顔が台無しだ」

舌なめずりしそうな声だと思った。

「卑怯《ひきょう》…者……っ!」

仲間と徒党を組まなければ、何もできないのかと懸命に罵《ののし》る。

「高飛車《たかびしゃ》なお姫様には、卑怯なくらいでちょうどいいんだよ」

「勝手なことを言うな!」

「騒ぐなって」

喘《あえ》ぐ息の下では、声にも力がなくて、まったく相手にもされない。エセルのブレザーのポケットから抜き取ったハンカチで猿轡《さるぐつわ》をされそうになって、懸命に首を振った。だがその抵抗も、空《むな》しく徒労《とろう》に終わる。

「ふ……ぐっ」

両肩をふたりがかりで押さえられ、足を割られてしまえば、もはやどうにもならなかった。体重のかかる腕が痛んで、呼吸も苦しくなる。

ワイシャツをはだけられて、薄暗いなかにも、エセルの白い肌が三人の視界に露《あら》わになる。ふいに彼らの動きがとまって、同時に生唾を呑む音が、やけに大きく響いた。

太腿に擦りつけられる、生々しい牡の昂《たかぶ》り。布越しであってもおぞましくて、鳥肌が立つ。

下肢《かし》を暴かれそうになったときだった。

牡の荒い息遣いだけが充満していた空間に、ふいに新鮮な風が吹き抜ける。空気が動いたのだ。

だがどうやら、それに気づいたのは、エセルだけのようだった。三人は、エセルの肌を暴くことに夢中になっている。

「うわ……っ！」

最初に悲鳴《ひめい》を上げたのは、主犯格の彼。後ろから首根っこを掴まれた格好で上体を上げさせられ、なにごとかと目を剥く。エセルの瞳にも、それは黒い影にしか映らなかった。

すっかり陽が落ちたあとの体育館は、ほぼ暗闇に近い。

「なんだおまえ！　うがっ！」

ドスッと、鈍い音が響いたあと、彼はズルズルとその場にヘタリ込んだ。唖然《あぜん》とする残りのふたりにも、二本の腕が伸びてきて、エセルを押さえつけていた力が離れる。

引きずられたふたりは、床に放り投げられた。

「神野……！　てめ……ヒーロー気取りかよ！」

その声ではじめて、助けに入ってきたのが誰なのかを知った。

「合意には見えないが？」

「……の、やろ……！」

三対一なんて卑怯だと、思ったのはあきらかにエセルの杞憂《きゆう》だった。

大人と子どもの喧嘩《けんか》ほどに、その動きには差があった。

あっという間に叩きのめされた三人は、痛む箇所を抱えるようにして、ふらふらと後ずさる。それでも手加減されていることが、やられた本人たちには嫌というほど伝わっていたのだろう、それ以上やり合おうとする気概《きがい》はうかがえなかった。

「卒業まであと数カ月を残して退学になりたいのか？」

そのひと言が、決定打だった。

口々に負け惜しみを吐き捨てて、三人はワタワタと逃げて行く。その足音が遠ざかってやっと、エセルは肩で大きく息をついた。

だが、安堵することはできなかった。

自分の傍らに片膝をついた男を見上げて、なんでよりによって…と、助けてもらったというのに、歯噛《はが》みしたい気持ちに駆られる。

なぜそんなふうに感じるのか、根本のところがわからないのに、どうしてかこんな場面を見られてしまったことが、助けられたことが、恥ずかしくて恥ずかしくてたまらなかった。

「大丈夫か？」

「……っ」

助け起こそうと肩を掴まれて、反射的にビクリと身体が跳ねる。無意識の反応だったが、恐怖ゆえのものと神野には伝わったらしい。それがさらに、エセルの羞恥《しゅうち》と困惑を煽った。

まず猿轡が外され、腕の拘束を解かれて、剥き出しになった白い肩に剥ぎ取られ放られていたブレザーがかけられる。

「殴られたのか？」

「へ……き、だ」

薄暗いなかでも頬の痣《あざ》に気づいたらしい、無骨《ぶこつ》な指が添えられて、思わず顔を背《そむ》けてしまった。

助けてもらっておきながら、この態度はないだろうと、頭の片隅でもうひとりの自分が叱咤《しった》するものの、強張《こわば》った身体も思考も、どうすることもできない。

シャツの合わせをぎゅっと握ったまま硬直していたら、ふいに体温が近づく。ギクリと肩を揺らすより早く、ふわりと身体が浮いた。

「……！　なに……」

「おとなしくしてろ。落とす」

姫抱きにされたのだと気づいて、羞恥と困惑がさらに深まる。

「い、いいっ、自分で……っ」

「歩けないんだろうが」

「……っ」

決して強いわけではない短い言葉が、エセルの抵抗を奪った。

唇を噛んで、ぎゅっと身体を強張らせたまま、連れて行かれたのは、仕切られたつくりになった畳敷きの道場。いつも神野が稽古《けいこ》に励《はげ》んでいる場所だ。エセルが、ときおりそんな彼の姿を、外からうかがっていた場所。

その隅に下ろされて、男が離れる。ややして明かりが灯《とも》り、その眩《まぶ》しさにエセルは長い睫毛を瞬いた。

奥の、道具類がおさめられているらしき部屋から神野が持ち出してきたのは、救急箱。

大きな手が頬に添えられて顔を上げさせられて、真っ正面に男の顔を見て、その瞬間、エセルの思考は停滞した。

頬の痣を診る男の眉間に難しそうに刻まれる縦皺《たてじわ》。精悍な頬と、意志の強さを感じさせる眉、引き結ばれた薄い唇。そして、触れる指先から伝わる体温。

カッと頭の奥が熱くなって、状況が見えなくなる。

理由などわからない。わかっていたら、つづく言葉など発していない。

「べつに、よかったのに」

注がれる黒い視線を呆然と見返しながら、気づけばそんな言葉が零れ落ちていた。

「ほっといてくれて、よかったのに」

自分でも、いったい何を言い出したのかと思っているものを、言われた男が訝らないわけがない。

「……上篠？」

はじめて、名を呼ばれた。それが、ますますエセルの思考を混乱させる。

結果、事態は最悪の方向へ転がりはじめた。

「三人くらい、なんてことなかったのに」

吐き捨てた、はすっぱなセリフ。

軽いパニックに駆られたがゆえのただの強がりが、引っ込みがつかなくなって、自分で自分を貶《おとし》めてしまう。女のように気遣われるのは、たまらなかった。

「……邪魔した、ってことか？」

確認する低い声はしかし、深い嘆息《たんそく》につづいて、エセルの強がりを指摘する。それが逆効果だなんて、思いもよらないことだったろう。

「震えてるぞ」

――……っ。

そのひと言が、エセルのなかの何かを掻き乱した。

「言いふらしたりしない。強がる必要は――」

「あんなの！　おとなしくしてればやさしくしてくれたんだ！　逆恨みされたら面倒じゃないか！　それなのに……、……くっ⁉」

伸びてきた手に首を押さえつけられて、後頭部を背後の壁に擦りつける。瞬間的に加えられた力は、エセルが口を噤《つぐ》むと、すぐにゆるめられた。

「落ちつけ」

「落ちついてるっ」

首筋を撫でるようにやわらかく添えられたままの手を乱暴に剥がして、上ずった声で吐き捨てる。

こうまでされたら、いかに日ごろ武道によって精神鍛錬を積み重ねている神野だとて、不愉快にもなろうというものだ。

「こんなふうにされて、平気だったって言うのか？」

いいかげんにしろというように、前でぎゅっとワイシャツを握っていた手を外され、その下の薄い腹に掌を這《は》わされる。ゾクリと背を駆け上った感覚は、三人に襲われたときに感じたものとは、あきらかに異質だった。

ここでエセルが強がりを認めたら、素直に痣の治療をされていたら、ほらみろとひと言言われて、それで終わっていたのだろう。けれどやっとの思いで開いた唇は、まるで正反対の言葉を紡いでいた。

「へ…き、だった……」

あきらかに震えているそれを、笑い飛ばすこともできたろうに、それまで呆れを滲ませていた神野の眼差しが色を変える。

「そうか」

呟く低い声には、隠しきれない怒気《どき》が滲んでいた。

失言だったと、この時点でも気づけないでいたエセルは、それほどまでに冷静さを欠いていた。それでもかろうじて、せっかく助けてくれた男を怒らせてしまったことだけは、理解できていた。

「……！　神……っ」

背後の壁に、肩を押さえつけられた。

「だったら、俺がかわりにしてやる」

囁く声を鼓膜《こまく》が拾った次の瞬間、伏せていた瞳に男の顔が映り込んで、それが視界を埋め尽くした。

「……!?」

下から掬い取るように口づけられたのだと、理解できたのは歯列《しれつ》を割られたあと。

見開いた視界には、すぐ間近から見据える黒い瞳。強い感情を滲ませるそれが、エセルの意地っ張りに拍車《はくしゃ》をかける。

「い…い、なんて、言って…な……」

懸命に肩を押しのけて、口づけの合間に抗う言葉を紡ぐ。けれど、再び合わされて、その勢いのままズルズルと床に引き倒されてしまった。

のしかかる筋肉の硬さと重みが、脳髄《のうずい》を痺《しび》れさせる。

次に口づけを解かれたときには、エセルの思考は完全に正常な働きを失って、ただじっと、焦点のぼやけた瞳で組み敷く男を見上げるばかりになっていた。

濡れた唇と、そこから漏れる喘ぐ呼吸。はだけられた白い肌と、何より艶《つや》を帯び甘さを増した蜂蜜色。

神野の黒い瞳が細められる。

上体がかがめられて、首筋に痛みを感じた。食いつかれたのだ。

「……っ、は…ぁ……」

喘ぐ白い喉から零れる、濡れた吐息。

抗う力を失い、広い背にすがるばかりの白い指。

思考の片隅でたしかに警鐘《けいしょう》が鳴るのに、身体は動かない。

肌にチリチリとした痛みを生むのが神野の唇であることを、ぼやけた思考でかろうじて認識していた。

身体中が熱っぽくて、眩暈《めまい》に襲われる。感覚は鋭敏《えいびん》さを増していって、触れる指先にも反応を返してしまう。だのにどこか夢見心地で、熱に浮かされた肉体は、流されるままに与えられる刺激を甘受するのだ。

「や…ぁ、あ……っ」

局部に強い刺激を感じて頭《かぶり》を振ったら、視界の端に見慣れた制服が映った。それが自分のものだと気づいたのは、自身の肌をおおうのがはだけられたシャツと薄い下着一枚になっていることを認識したあとのこと。

薄い布をかいくぐった大きな手が、兆《きざ》した欲望を包み込む。掠れた喘ぎが、白い喉を震わせた。

こんなに簡単に流されてしまうほど、自分は倫理観の薄い人間ではないはずなのに、なぜこれほど気持ちいのだろうと、疑問が思考を過《よぎ》るものの、それはすぐに快楽に押し流されて、どこかへ消えてしまう。神野の手に感じるまま快楽を享受し、エセルは掠れた声を上げた。

「は…ぁ、——……っ！」

跳ねる腰を押さえ込む逞しい肉体。

喉元に落とされる熱い唇。

欲望に絡む指は、思いがけず繊細な動きで余韻に震えるそれをあやす。

だが、その手がさらに奥へと伸ばされるのを感じて、エセルは欲情に蕩《とろ》けはじめていた瞳を見開いた。真っ正面に、黒い瞳。

「神…野、待……っ」

「黙ってろ」

「や…だ、それ……っ、あ…ぁっ」

前からあふれた蜜に濡れた指が、後孔を暴く。

固く閉じた場所を押し拓《おひら》いた指は、思いがけずすんなりと奥へと到達した。それをどう受け取ったのか、神野は低く喉を鳴らす。「やわらかいな」と、ひとりごとともつかぬ呟きが落ちてきた。

「や……んんっ」

内部を解すように指を蠢《うごめ》かされて、鈍い痛みをともなった、むず痒《がゆ》いような気持ち悪いような筆舌しがたい感覚に襲われる。

だが、内部を刺激する指先がある一点に触れた途端、細い腰が跳ね、しなやかな背が仰《の》け反《ぞ》った。悲鳴ではない、甘さを帯びた声が迸《ほとばし》る。

「あ…ぁ、――……っ！」

こらえようとする間もなかった。

背を突き抜けた強烈な感覚に導かれるまま、情欲を解放してしまう。荒い呼吸に薄い胸を喘がせ、エセルは余韻に肌を震わせた。熱を帯びた息が、薄く開いた唇から零れる。

それを掬《すく》い取るように、重ねられる唇。

口づけが、快楽に蕩けた思考をさらに蕩けさせる。

だから、腰を抱えられ、狭間《はざま》に固いものを擦りつけられても、濡れたように艶めく蜂蜜色の瞳で、男を見上げているだけだった。

その悦楽に上気した相貌《そうぼう》が、直後、苦痛に歪む。狭間を探っていた剛直《ごうちょく》が、容赦なく捻じ込まれたのだ。

「――……っ！」

弛緩《しかん》しきっていた肉体が硬直して、埋め込まれたものを固く締めつける。上になった男も、低く呻いた。

「痛……い、……や……ぁっ」

背に縋っていた手を拳に握って、力なく殴りつける。その手を捕られ、畳に縫《ぬ》いつけられると、今度は逃げをうつ本能に駆られるまま、身を捩った。

だが、引くことも進むこともできなくなった繋がりは、解けない。エセルは抵抗の力を失い、ただホロホロと頬を涙の滴で濡らした。

「上篠……？」

大きな手が、気遣うように濡れた頬を拭う。

むずかるようにゆるく頭《かぶり》を振ってそれを振り払うと、上から小さく毒づく声が落とされる。

「どっちなんだ、……くそっ」

神野の苛立ちの理由を理解できなくて、エセルは濡れた瞳の上に新たな涙を浮かべて、それでも懸命に苦痛のもとである男を睨み上げた。

その視線が、黒い視線とぶつかる。エセルは大きく息をついた。

腕を拘束していた神野の手が外されて、かわりに小作りな頭を抱き込む。汗に濡れた髪

を梳《す》かれて、エセルは長い睫毛を震わせた。じんわりと、硬直が解けていく。

「神…野……」

救いを求めるように男の名を呼んで、広い背に爪を立てた。

やわらかく蕩けはじめた肉体から、苦痛が引き、かわりに繋がった場所を疼かせる熱を生む。

「あ……ぁ、は……っ」

ゆるりとその場所を蠢かされて、白い喉から濡れた吐息が零れ落ちた。そのふくらみに、男が唇を落とす。

一度快楽を追いはじめてしまえば、あとは堕《お》ちていくだけ。

若い肉体は、目の前に差し出された快楽を拒めない。

後孔を穿つ動きが激しさを増していく。迸る喘ぎは濡れて、犯される肢体《したい》が苦痛ではなく快楽を得ていることを攻める男に教える。

「上篠……っ」

「あ…ぁっ、や……ぁ、あっ！」

歓喜《かんき》の声は、男の鼓膜を甘く焼いた。

最奥で弾ける熱の存在が、エセルに真実をつきつける。ある事実に気づかせる。

ゆえに、内側を満たす熱が、深い後悔を呼んだ。

今、汗の伝う肌と肌の間にあるのは、欲望だけ。それがたまらなく苦痛だった。肉体は快楽の余韻に火照っていても、心は軋んでいた。

力の抜けた腕で、のしかかる肩を押した。背中が痛いと、掠れた声で訴える。

だが、男の身体は離れなかった。

「神野……？」

冷静さを取り戻しはじめた思考下では、目を合わせることは厭《いと》われる。だのに、恐る恐る顔を上げたら、見下ろす視線とぶつかってしまった。カッと頭の奥が熱くなる。

肌がざわめいた。欲情の余韻を残して潤む瞳が揺れる。

逞しい腕が、腰をまさぐる。エセルは、蜂蜜色の瞳を見開いた。

「ちょ……、もう……っ」

「まだだ」

「神野……っ!?　あ……あぁっ！」

敏感になった肉体は、男の求めを拒めない。

抱き合う理由もないのに、欲望に流されて、広い背に爪痕《つめあと》を刻んだ。

最初に強がって意地を張ってしまった、その理由に気づかされて、悔しくて、バカバカしくて、力いっぱい赤い痕を残した。

秋の夜空に高く月がのぼる。

細く差し込む銀色の月明かりに照らされて、若い欲望が、果てなく睦《むつ》み合う。

だが、このあとふたりが、その欲望の根源に、目を向けることはなかった。

エセルが渡米を決めたのは、この直後。

日本を出ると決めたのは、この事件が理由だ。

そして、まともな恋愛ができなくなったのも、この事件のせい。

俳優として名が売れて、誘いをかけてくる相手にはことかかなくて、来るもの拒まずで付き合っても、決して長つづきしない。本気になれない。そんな中途半端な恋愛ばかりしてきた、この数年間。

なぜかなんて、理由は単純だ。

はじめての恋に、最悪のかたちで敗れたから。

気づく前に、恋を失ったから。

恋をしていたのだと、気づいたときにはもう、相手の目をまっすぐに見返せる状況ではなくなっていたから。

素直に、怖かったと、意地を張ってしまっただけだったと、言えなかったばかりに、すべて歪《ゆが》めてしまった。

自分が、子どもだったのだ。

そして今も。

ひどく傷ついた心は、大人になれないまま、恋のしかたすら、エセルは脚本のなかでしか知らない。

4

いくらインターネットの普及《ふきゅう》した昨今とはいえ、公開していないはずのスケジュールが、いったいどこから漏れるというのか。

そこまでして、ひと目でも…と必死になってもらえるのは、人気商売に従事《じゅうじ》する者として喜ぶべきことなのかもしれないが、スタッフや警備員の気苦労を思えば、できれば追っかけや出待ち入り待ちはやめてほしいというのがエセルの本音だ。

撮影スタジオでもテレビ局でも、車が止まればかならず人に囲まれる。不躾《ぶしつけ》にフラッシュを焚《た》かれる。

これだけは、何年たっても慣れることができない。そもそも派手な性格ではないから、騒がれることをどうしても喜べないのだ。

クレイトンに、いつも「笑顔を忘れないで」と忠言《ちゅうげん》されるのだが、ついつい伏せ目がちになってしまう。そんな物憂《ものう》げにも見える仕種が幅広い年齢層の女性ファンにうけているというのだから、何が功《こう》を奏《そう》するか、この世界はわからない。

「どうぞ」

車のドアを開けてくれるのは神野《じんの》。

駆け寄ろうとするファンをその鋭い眼光と威圧的な風貌で制し、エセルの身体を庇《かば》うように腕を添えて、エスコートしてくれる。

襲われる恐怖からくるものではない緊張感が、エセルの神経を尖《とが》らせる。

仕事面においては、今のところプラスに働いているからいいのだが、疲労は倍増だ。もちろん、ホテルに帰りつくまでは、そんな顔は見せないけれど。

「ものものしくて申し訳ありません」

スタジオ併設《へいせつ》の応接ルーム。

クレイトンが、紳士的な笑みを浮かべて先方に断りを入れる。

「いえいえ。しかし大変ですね。こちらはスケジュールどおりにきていただけて助かりましたが……本当に大丈夫なんですか？」

以前に一度、アメリカでも一緒に仕事をした経験のあるプロデューサーは、だいたいの状況は把握しているものの、さすがにＳＰには驚いた様子で、そんなに深刻なのかと声を潜める。

「父が大袈裟なんです。本当に大変な思いをしているのは僕ではなく父ですから。とはいっても、本人は飄々《ひょうひょう》としてますけど」

エセルの少々おどけた口調を聞いて、プロデューサーはホッとした様子で肩の力を抜いた。打ち合わせに同席している数人のスタッフたちも似たような反応を見せる。

実のところこれも、エセルが懸念《けねん》していた事態だ。仕事相手に余計な不安を与えてしまう。念のための処置だと告げても、視界の端に映るＳＰの姿は威圧感とともに不安をあおるだろう。クレイトンは、それを承知で対応しているし、自分もそれをフォローするよりない。

視界の端に映るダークスーツのＳＰの姿を、誰よりも気にしているのが自分であることなど、嫌というほどわかっている。わかっているからこそ、これほどまでに周囲の反応が気にかかるのだ。

「これが撮影の企画書になります。――で、スポンサーの関係でですね、もれなくＣＭの話がついてくるんですが……それは大丈夫ですか？」

同業他社との仕事に制約が出てくるがそれは問題ないかと問われて、クレイトンが頷く。それを受けて、エセルが口を開いた。

「自動車メーカーでしたね。車種は？　僕でいいんでしょうか？　ファミリーカーは無理だと思うけど……」

「四駆もエセルのイメージじゃあないね。意外性はあるかもしれないが」

契約上の問題がクリアできても、俳優としてのイメージに沿《そ》わない内容だと、引き受けることが難しくなる。

「その点は向こうも考えてらっしゃいますから問題ないです。クリスマスシーズンにあてて、ノーブルで華やかなイメージでいきたいそうなんですよ」

プロデューサーの説明に、大きく頷いたのはクレイトン。

「白馬の王子様のお迎え、ってやつですか。日本の女性に好まれそうですね」

「ええ、まったくです」

エセルとクレイトンとプロデューサー。ざっくばらんに仕事の話をする三人に、視線こそ直接向けられないものの、終始注がれる警戒。

チリチリと肌を焼くようなその気配を、気疲れするほど意識しているのはエセルだけのようで、この手のことに慣れているクレイトンはもちろん、はじめは戸惑いを露わにしたプロデューサーも他の面子《めんつ》も、特別気にする様子もない。

つまり、神野も浅海《あすみ》も完璧にＳＰとしての尖った気配を消していて、エセル以外の誰にも苦痛を与えていない、ということだ。エセルの神経が過敏になりすぎている証拠といえる。

　胸中で深いため息をつきつつ、エセルは手のなかの書類をめくる。

　日本滞在中ずっとこんな緊張感がつづくのかと思ったら、グッタリと肩が重くなる。だが、スケジュールを強行したのは自分だから、文句も言えない。

「このあと、ウェブ用のインタビューは、こちらの者が担当させていただきます」

　プロデューサーの紹介で、同席していたまだ若い女性スタッフが緊張した面持ちで腰を上げ、ペコリと頭を下げる。

「よろしくお願いいたします！」

「よろしくお願いします」

　エセルがニコリと笑みを向けると、彼女は頬を紅潮《こうちょう》させ、腰が砕《くだ》けたように座っていた椅子にへタリ込んだ。その様子を見ていたクレイトンが満足げに微笑《ほほえ》む。

　ＤＶＤのレンタルが好調な日本での活動を、今後は視野に入れていきたいと、少し前からクレイトンは頻繁《ひんぱん》に口にするようになった。エセルもそれには同意していたのだが、妙な緊張感を強《し》いられている今現在、日本に置いてきた過去に背を向けていた自分を、いまさらながら叱咤したい気持ちになる。

　インタビューは、あたりさわりのない内容で、作品に対して鋭く切り込むこともなく、答え甲斐《がい》を感じるほどに返答に困ることもなく、穏やかに終了時刻を迎えた。

今日の仕事は、これが最後だ。押すことが予想されるため、もともとゆったりめのスケジュールを組んであるのだが、今日は思いがけずサクサクと進んだ。

「もうこんな時間ですか。よろしければお席を用意させていただきますが……ダメですかねぇ？」

食事でもどうかと口にしたものの、プロデューサーは無表情なＳＰふたりの顔を交互《こうご》に見やって、それからクレイトンに問いかける。

「申し訳ない。警護計画に変更が出ると、いろいろと面倒らしいのです。また次の機会にお願いします」

「そうですか……残念ですが、しかたありませんね」

本当に残念そうに肩を落としたのは、プロデューサーではなく同席していた女性スタッフたちだったが、エセルには笑みを向けてやるくらいしかできることはない。

見送りを断って、駐車場に下りる。

制作会社のビルとあって、エレベーターに繋がる地下駐車場の出入り口には、段ボール箱などが積み上げられている。行き来する台車ひとつひとつにも、車両の傍らに立つＳＰたちは、神経を尖らせている。

エセルとクレイトンの姿を認めて、二台の車両ともに、後部座席のドアが開けられた。

「ミスター・クレイトンはこちらへ。ホテルへ直接お送りします」

来るときは護衛についていたセダンタイプの車両へと促《うなが》されて、クレイトンは肩を竦《すく》めつつ「じゃあ、また明日」と、足を向ける。

「ミスター・ブルワーはこちらへ」

エセルが促されたのは、来たときに乗っていた四駆だ。

ドアを開けて待つ浅海と、エセルの傍らに立って周囲を警戒する神野。その警護を、そもそも大袈裟な…としか受けとめていないエセルは、気にせず足を踏み出す。

傍らにある神野の体温が苦痛で、早く離れたかったのもある。

朝から晩まで撮影で拘束されていても感じたことのない精神的疲労から、早く解放されたかったのもある。

だから、さっさと車に乗り込もうとした。

そのとき、背後の神野がふいに緊張感を漲《みなぎ》らせたのだが、エセルは気づけなかった。

だが、ドアを開けて待っていた浅海のクールな面立ちが見る間に険しさを増して、なにごとかと足を止めた。

後ろから強い力で肩を掴まれた。同時に、声。

「伏せろ……！」

直後、届いたのは爆音。

コンクリートの床に引き倒されたのと、いったいどちらが早かったのか。

鼓膜をつんざく轟音と激しい衝撃とが五感を襲う。

バラバラと、何かの破片《はへん》のようなものが上から降り注いだが、エセルがそれを直接かぶることはなかった。硬い筋肉の防壁に守られて、爆風すら肌に直接は感じていない。

「大丈夫か！　マルタイは!?」

「神野……！」

エセルが我に返るより早く、力強い腕によって、身体を引き起こされる。

「マルタイは無事です。——浅海！」

無線に告げる報告と、直接仲間を呼ぶ声。

——……え？

抱き起こされたエセルの目に映ったのは、あたり一面に飛散《ひさん》するダンボール箱の破片だった。焦《こ》げ臭い匂《にお》いがする。

呆然としていたら、肩を揺すられた。

「大丈夫ですか？」

「……ジムは?」

問われたことに対してではなく、クレイトンの無事を問う。すると、イヤホンに耳を傾けていた神野が、「心配ありません」と答えを返した。

爆発したのは、積み上げられていたダンボール箱のなかのどれか。ということは、エセルのスケジュールが漏れていて、先に仕込まれていたということか?

「ホテルに戻ります」

間近から、神野の声。

首を巡らすと、緊張感を漲らせた厳しい顔とぶつかる。

ずっと同僚のSPが見張っていた車両は大丈夫だからと、別のSPが指示を出している。

神野は、エセルの肩を抱いたまま、一緒に後部シートに乗り込んできた。ステアリングを握るのは、来たとき同様、浅海だ。

現場の処理を別班に任せて、車は早々に発進する。神野のイヤホンには、次々と状況報告が入ってくる様子。

「なんで……」

車が幹線道路の流れに乗って、やっと声を発することができた。

すぐ横にある、鍛え抜かれた兵士のような、硬質な空気をまとった横顔に問う。避難《ひなん》を呼びかける神野の声は、爆発よりわずかに早かった。

短い言葉からも、神野はエセルの問いたいことを察したらしい。

「火薬の匂いがしました」

硬い声が、彼が人命を守るプロフェッショナルであることを知らしめる答えを返す。

エセルは、言葉もなく目を瞠《みは》った。


念のためにと、再度「検索」「洗浄」された部屋で、届けられたワゴンから、浅海がコーヒーを給仕してくれる。

ソファの傍らには神野。向かいには、彼らの指揮官である來嶋《きじま》の姿もある。

「ミスター・クレイトンにも警護の者をつけました。ほかにご要望があればお申しつけください」

「いえ……ありがとうございます」

クレイトンに怪我《けが》はなく、あのあと予定通りホテルに戻ることができた。

爆発したのは、積み上げられていたダンボール箱で、いつもの荷物に爆発物の仕掛《しか》けられた箱が紛れ込んでいたらしい。

人的被害はなかったが、積み上げられたダンボール箱に収められていた、備品類の多くが使いものにならなくなった。そのあたりの処理は、クレイトンがしてくれている。

「ミスター・ブルワー、あなたの認識以上に事態は深刻だと考えますが、いかがでしょうか？」

父がなぜシークレットサービスを依頼したのか、なぜ日本警察にSPの派遣を依頼したのか、理解できたのではないかと問われて、エセルはコーヒーカップを持つ手に、ぎゅっと力を込めた。

來嶋の指摘に内心では頷くものの、すぐ傍らから注がれる視線が、それを邪魔する。

「ただの脅《おど》しです。本当にその気があるのなら、車に爆薬を仕掛けているでしょうし、銃《じゅう》で狙ったっていい。でもやつらはそれをしなかった」

この発言に、神野はさぞや呆れていることだろう。

そう思ったらますます気持ちがかたくなになっていくのを感じて、エセルは胸中でひっそりとため息をつく。

「そうとも言えます。ですが我々は、最悪の事態を想定《そうてい》して動かねばなりません」

來嶋から返された言葉はあげ足の取りようもないほど完璧なもので、エセルは返す言葉を失った。琥珀《こはく》色の液体を睨むように見つめるエセルに助け舟を出すかに、来嶋が言葉を継《つ》ぐ。

「お仕事を調整することはできませんか？　無理なら、向こうから出向いていただくことは？」

「そう簡単にはいきません。撮影をともなうインタビューの場合は、事前にホテルに許可をとらなくてはいけませんし、ＯＫが出ないことも多い。このホテルは、サービスはいいかわりに、過去そういった申請が通った話は聞きません」

ホテルでのインタビュー取材というのは、実はそれほど簡単ではない。室内での撮影を伴うとなると許可が下りない場合のほうが多い。海外アーティストの滞在に使われるのが、話題のラグジュアリーホテルではなく老舗《しにせ》ホテルが多いのには、そういった面に柔軟《じゅうなん》に対応してくれるから、という理由も実のところあるのだ。

「それに、打ち合わせ程度のことで、あれこれ我が儘を言っていては、仕事が立ち行かなくなります」

世間がエセルをどう評価しているかは別にして、自分自身では、どんな我が儘も通るようなクラスの俳優だとは思っていない。ある作品で人気が出ても、そのイメージが強すぎれば、使いにくい俳優のレッテルを貼られてしまうし、使い勝手が悪くなれば、すぐに声がかからなくなる。ショービジネスの世界は水ものなのだ。

とくに米国では、日本の芸能界のように、所属事務所という防壁はないし、エージェントとも契約関係にある。クレイトンは父の誼《よしみ》もあって、一般的なエージェント以上にエセルを気にかけてくれるけれど、それでもふたりの間に結ばれているのは、対等な契約関係だ。つまり、自分の身は自分で守るよりないのだ。

そもそも今回の事態は、エセルがダグラス・ブルワーの息子だから起きていること。同情の余地《よち》があるとはいえ、エセル自身が大本の標的ならまだしも、そうではないのだから周囲の認識もさまざまだ。結局は他人事《ひとごと》なのだから、仕方ないと思う人もいれば、面倒だと思う人もいる。

しかもここは日本。マフィアの拠点のあるアメリカではない。治安のいい日本で育った人々は、往々にして危険に無頓着《むとんちゃく》だから、エセルの置かれた状況を正しく認識して理解を示してくれる人の割合は、決して多くはないと思われる。

「仕事は、予定通りにこなします。スケジュールが漏れている可能性があるということなら、できる限りの調整をしますが、相手があることですから、すべての入れ替えが可能なわけではありません」

追っかけが発生するくらいだから、マフィアがエセルのスケジュールを入手することな

どたやすいだろう。だが、詳細まで漏れているのかは不明だ。

「了解しました。我々はできる限り尽力《じんりょく》します。そのかわり、移動中などはかならず側につく者の指示に従ってください」

エセルの言葉が真実だと理解できるからか、來嶋はそれ以上強くは言わなかった。かわりに、絶対的にSPに安全をあずけてほしいと念押しする。

「わかりました」

傍らの気配に意識を向けつつも表面上は神妙に応じる。それに頷いて、來嶋は腰を上げた。

「別班が応援に入るが、神野と浅海はこのままミスター・ブルワー付きだ。——よろしいですね？」

「……え？　ええ……」

本人たちに命じたあとで、何か問題はないかとこちら確認されて、一瞬言い淀んだものの、かろうじて頷いた。

「スケジュールの件は、ミスター・クレイトンとも相談ののち、おって連絡する」

「了解しました」

失礼しますと一礼を残して、浅海をともない、來嶋は部屋を出て行く。

パタンとドアの閉まる音が、人が減ったことでふいに広く感じられはじめた空間にやけに大きく響いて、エセルは手持《ても》ち無沙汰《ぶさた》にすでに冷めきったコーヒーを口に運んだ。それに気づいた神野が、ワゴンに用意されたポットから新しいカップにコーヒーを注いでくれる。

無駄のない動きでローテーブルに置かれるコーヒーカップ。

ふわりと芳しい湯気が立つ。

「すべては、命あっての物種《ものだね》です」

ふいに落とされたのは、厳しい忠告だった。

手にしていた冷めたコーヒーカップを、ローテーブルに戻す。

「……SPは壁だろう？　意見する壁なんて、聞いたことがない」

ふたりきりの空間の息苦しさが、エセルに卑屈《ひくつ》で嫌味《いやみ》な言葉を紡がせる。言った直後に後悔しても、言葉は戻らない。

唇を噛んで傍らに立つ男を見上げるエセルと、眉間に皺を刻んで見下ろす男。

その眼光が、これまで決して見せなかった個の感情をわずかに垣間見せて、さらに鋭さを増す。エセルは、蜂蜜色の瞳を眇めた。

そこへ落とされる揶揄《やゆ》。

「知った顔に目の前で死なれるのはカンベンだ」

口調とともに、声音も変わった。

高校時代、神野とろくに言葉を交わした記憶のないエセルにも、それが強い憤りと呆れを滲ませたものであることが伝わる。

先に視線を外したのはエセル。

冷めはじめたコーヒーに手を伸ばし、ぐいっと飲み干す。それを乱暴《らんぼう》にソーサーに戻して、苦みの残る舌にさらに苦い言葉を乗せた。

「守り抜く自信がないんだ？」

「そういう意味じゃない」

嫌味に対して、淡々と返される応え。

「死にたがりは、守りようがないと言ってる」

「……！　そんなつもりは……っ」

反射的に振り仰いだ先には、ついさきほど見たのと同じ感情の色をたたえた瞳。鋭い眼光が、エセルを捉えている。

その目を見ると、途端に言葉を見失うのはなぜだろう。懸命に絞り出す言葉はどれも、言った本人すら眉を顰《しか》めてしまうようなものばかりだ。

「……他人のふりしたくせに。いまさら……」

恨みごとのように呟いて、またも胸中でため息をつく。

いまさら任務の範疇外の態度をとられても、素直に返せるわけがない。

だが、エセルの指摘は一理あるものだった。来日した日、ふたりきりになったときにエセルが言及しなければ、神野のほうからは何も言わなかったに違いないのだから。

「そのほうがいいだろう？」

冷めきったコーヒーを下げようと、手が伸ばされる。大柄な体躯《たいく》がエセルの視界に影をつくって、意識するより早く、身体が逃げを打った。

「……！」

その事実に気づいて、エセル自身が目を瞠る。

自分はいったい何から逃げたのか。何に怯えたのか。

神野は小さく嘆息して、コーヒーカップをワゴンに戻した。そして、エセルが目を背けている過去に躊躇せず触れる。

「合意だったとは言わないが、無理やりでもなかったはずだ」

「……っ!?」

弾かれたように、腰を上げていた。

大股に歩み寄って、勢いのままに手を振り上げる。バシッと、激しい音が高い天井に響いた。

「……君の言う通りだよ」

痛む掌をぎゅっと握って、エセルの腕力ごときには怯《ひる》みもしない男の平然《へいぜん》とした顔を見据える。神野は、殴られた衝撃など微塵《みじん》も感じていない様子で、エセルの眼差しを受けとめた。

「だったら、被害者面するな」

「被害者面なんかしてない！」

激昂《げっこう》も、淡々とした声に受け流される。

「やりにくければ、別の人間とかわる。そのように來嶋に言うといい」

冷めた声が、エセルの激情を奇妙なまでに冷めさせた。

自分が拘《こだわ》っている過去も、男にとってはたいした問題ではないのだと思い知る。

神野の気配を、息苦しいほどに気にしているのは自分だけ。

彼にとっては、たまたま俳優業などをしている元同級生の警護につくよう上から命じられただけのことで、特別な意味など何もない。揺らぐ感情などありはしない。自分であってもなくても、彼は変わらぬ態度で任務に臨むのだろう。

「……わかった」

痛みの引きはじめた拳を今一度きつく握って、エセルは男に背を向ける。そして、先の男の発言を受けてのものとはいえ、嫌味も極《きわ》まれる言葉を吐き捨てた。

「君の前では死なないようにするよ」

それでいいんだろう？　と、茶化した態度で肩を竦めて見せる。

「やつらが本気なら、どうせ助からない」

その発言に、背後の気配が静かに色をなすのを感じた。振り返って、ＳＰの腕の問題ではない、と皮肉げに言う。

「君たちは知らないだろう？　マフィアの本当の恐ろしさなんて」

どんな危険にも対処できるよう訓練されているとしても、日本で暮らしている限り、肌で直接マフィアの恐ろしさを知っているわけではないはず。犯罪の凶悪化が叫ばれる昨今といっても、アメリカとは比べようもない。

人の命を守る仕事につく者の前で死を語るエセルを、神野は諌《いさ》めるでもなく見つめる。その目に滲む非難の色は、自分たちＳＰを信用していないと憤るものではなく、エセルの投げやりな発言に対してのものだ。

それがわかっていても、零れ落ちる言葉をとめられなかった。

「……どうせ死ぬなら、生まれ育った日本で死にたい」

エセル自身、意識していなかった本心だった。

そうだ。ずっとそう思っていた。父から危険を知らされたときからずっと。アメリカで葬《ほうむ》られるのは嫌だと感じていた。だから、父が止めるのも聞かず、あれほど強行に日本行きを決行したのだ。

ますます呆れられるに違いない。

そう思って、ウンザリした気持ちでいたエセルの耳に届いた言葉。真摯《しんし》なそれは、自信と覚悟に満ちて、エセルの胸に突き刺さった。

「我々はプロです。そう簡単に、あなたを死なせはしません。守ってみせます。——この命にかえても」

——……っ。

SP《プロ》としての口調で、SP《プロ》としての誠意を語る。

神野は「我々は」と言った。警視庁SPとして、組織に属する者として、組織全体の在り方を語っただけだ。

なのに……。

——『この命にかえても』

その言葉が、エセルの胸をざわつかせる。

心臓がぎゅっと締めつけられる感覚を覚えて、エセルは握った拳で胸を押さえた。耐えられなくなって、今度こそ背を向ける。

「休ませてもらう」

それだけ言って、ベッドルームへ足を向ける。

「失礼させていただきます」

背後の気配が、一礼を残して部屋を辞していく。

ドアの閉まる音を聞きたくなくて、目の前のベッドルームのドアを乱暴に開けた。

閉めたドアに背をあずけて、大きく息をつく。

何がもどかしいのか、何がくやしいのか哀しいのか、わからなくて、唇を噛んだ。

5

スイートルーム併設のコネクティングルーム。

今現在SPの詰め所がわりに使われているその部屋の中央で、來嶋《きじま》が足を組んでソファに腰を落としている。その前で、神野《じんの》は直立不動で上司の言葉を聞いていた。

「そもそもおまえに執事の真似ごとができるとは思っていないが……何をした？」

エセルが、側付きのSPを変えてほしいと言ってきたらしい。

挑発《ちょうはつ》したのは自分だから、それはいいのだが、この食えない上司にあれこれとつつかれるのは、神野としても本意ではない。

やりにくかったか？　と問われて、神野は下から見上げる硬質な美貌《びぼう》をうかがった。返す言葉を探す。だが、神野が適当な返答を探し当てる前に、來嶋はなかなかに痛い指摘を投げてきた。

「同級生とはいっても、親しい付き合いがあったわけではないと聞いたが？」

「……顔を知っている程度です」

來嶋の情報源は、警察庁警備局にいる神野の兄だ。警備局はつまり、警備部を監督している部署だ。エセルの警護に來嶋の班がまわされたのは、兄の鶴の一声だったに違いないと神野は踏んでいる。

「だとすれば、向こうが気にする理由はないように思えるがな」

「……」

神野の返答に含まれる嘘を見抜いている口調で、しかしあえて指摘せず、「まぁいい」と鷹揚《おうよう》なふりで頷く。來嶋の下に配属されてしばらく経つが、あの兄とこの上司が友人関係にあることを、いまさらのように納得させられた。

高校時代、エセルとの間にあったことなど、誰に言えるはずもない。

若さゆえの愚かしい記憶だ。

だが、甘さをまとった記憶でもある。

「浅海《あすみ》。明日から神野と役目をかわれ。おまえのかわりには和喜多《わきた》をつける。神野、おまえは後方だ」

「了解しました」

「申し訳ありません」

腰を折る部下にそれぞれ視線をよこして、頷き、ソファを立つ。

「交代時間まではこれまで通りだ。定時連絡を忘れるな」

細かな忠告をするでもなく、それだけ言い置いて、來嶋は部屋を出ていった。

コネクティングルームに残されたのは、神野と相棒の浅海。

これまで何も言わなかった浅海が、ここへきて口を開く。敏《さと》い相棒の目には、エセルの様子がおかしいことくらい、お見通しのはずだ。

ところが、浅海が放った指摘は、エセルに向けたものではなく、予想外にも神野当人へのものだった。

「らしくないな」

外見がクールなだけに、淡々とした口調も冷ややかに聞こえる。

だが任務中だから意識的に感情を抑えているだけで、この相棒が決して冷淡《れいたん》な人間でないことが、それなりに長い付き合いになる神野にはわかっている。だからこそ、その指摘は聞き流せないものだった。

「ただの同級生、ってわけじゃなさそうだな」

「……悪いが話す気はない」

それ以前に訊かないでほしい、というニュアンスで返せば、浅海はその涼《すず》やかな眼差《まなざ》しを細める。

「ふうん？　認めるわけだ」

なんとも簡単な誘導尋問にひっかかったらしいと、いまさら察してももはや誤魔化《ごまか》せない。神野は渋い顔で吐き捨てた。

「……昔のことだ」

過去の過《あやま》ちだ。

過ちだと認められないでいる、苦い過去。苦いのに、甘い想い出だ。

短い言葉のなかから、感情の機微《きび》に鋭敏な浅海は、神野の抱えるものの一端《いったん》を感じ取ったのか。普段あまりプライベートにまで踏み込んでこないタイプだというのに、珍しく追及の手をゆるめない。

「過去にできてないから、交代させられるような事態に陥《おちい》ってるんじゃないのか」

まったく鋭いにもほどがある。

神野は、任務中にはめったにないことだが、相好《そうごう》を崩し、苦笑を零した。

「そうかもな」

それを受けて、浅海もまとっていた硬質な空気をゆるめ、肩を竦める。だが返されたのは、ゆるんだ空気とは正反対に、厳しい指摘だった。

「任務に私情は禁物だ。最悪の事態を招きかねない」

「……わかってる」

相手はマフィアだ。どんな手段に出てくるかしれない相手だ。やつらは、日本のヤクザとは違う。そして、シチリア・マフィアを起源とするニューヨーク・マフィアは、日本において勢力を広げるアジア系のマフィア組織とも、性質が異なる。

悔しいがエセルの言葉通り、日本警察には対処した経験の少ない……いや、ほぼないと言っていい相手だ。机上の論理では語れない。

だがそれでも、脅かされる命があるのなら、守らねばならない。

「守るさ。何があっても」

己に言い聞かせるような呟きを、浅海はどう聞いたのか、

「持ち場に戻る」

中途半端にも思える場所で追及の手を止めて、あっさりと踵《きびす》を返した。彼らしいと、神野は胸中で苦笑を零す。

——守ってみせるさ……。

この気持ちが、任務への責任感からのものなのか、それとももっと深い場所から湧く感情なのか、答えを出しあぐねている。

表情豊かな蜂蜜色の瞳を思い起こして、神野は過去へと記憶を巻き戻す。

――『上篠《かみじょう》。――忘れた？』

はじめに投げられた、きつい言葉。蜂蜜色の瞳には、憤《いきどお》りだけではない強い感情が揺らめいていた。

――忘れたのか、だって？

冗談ではないと思った。

忘れるはずなどない。

忘れられるはずなどない。

――『神…野……っ』

切なげに掠れた甘い声も、涙に潤《うる》んだハニーゴールドの瞳も、背に食い込んだ細い指の感触も。何もかも、忘れられるようなものではない。

制服をまとったスレンダーな肢体と、その上にのる小作りな顔と、印象的な蜂蜜色の髪と瞳。ノーブルな美貌は、女性っぽさとは無縁《むえん》だというのに、ひどく繊細《せんさい》な印象で、彼のまわりだけ、空気すら違って感じられたほど。

高校時代、そんな夢見がちなことを考えていたのは、自分だけではなかったはずだ。ひと握りの彼に近しい学生たち以外は誰も皆、似たような印象を抱いていたはず。

そんな、美しい人間が、この腕のなかで乱れた記憶。

消えるはずも消せるはずもない。——忘れられるはずがない。

頭に血がのぼって、ベタな演技を見破れなかった、愚かしい自分の犯した罪を、忘れられるわけがない。

——『……平気だ』

事後、手を貸そうとした自分に、エセルは首を横に振った。

——『はじめてだったんだろうが。なんで慣れたふりなんか……』

意地を張ったところで起き上がれるわけがないだろうと、嘆息に呆れを滲ませた直後、頬に衝撃を食らった。だが、実際に衝撃を受けて頽《くずお》れたのは、殴られた自分ではなく殴ったエセルのほう。

——『痛……っ』

——『上篠……!?』

——『触るな!』

拒絶の声が震えていることに、このときようやく気づいた。

呆れたわけでも、面倒くさかったわけでもない。意地を張っただけの態度に挑発されて暴走した自分にこそ呆れていたのであって、エセルを非難《ひなん》するつもりなど微塵もなかった。

だがエセルにとっては、神野の態度は許しがたいものだったのだろう。

決して無理やりの行為ではなかったはずだ、という気持ちも正直あった。

誘ったのはそちらだと、瞬間的に腹立たしく感じもした。

だが、途中で抵抗されたとき、とめてやれなかったのも事実で、内なる欲望をぶつけた自覚があるだけに、やはり自分が悪いと思われた。

謝ってしまえばよかったのだろうか。

けれどこのとき、詫《わ》びの言葉を口にすることが、ますますエセルを侮蔑《ぶべつ》することになると感じて、神野は何も言えなくなってしまったのだ。

結果、若さゆえに欲望が暴走した挙句の行為だと、結論づけるよりなくなった。

自分がもっとエセルを気遣っていたら、その後の経緯《けいい》は違ったのかもしれない。

だがこのあとふたりは、ひと言のあいさつすら交わすことなく卒業を迎えることになる。

そんな結果しか、選べなかった。

日本の大学に受かっていたはずのエセルは急遽《きゅうきょ》渡米を決めたと人づてに聞いた。神野は父と決裂《けつれつ》したまま警察学校に入学した。

苦い想い出のまま、浄化もできず、一生抱えていくのだと思っていた。

忘れることはできない。

エセルは、意図《いと》せず神野の視界に入ってくる。俳優エセルバート・ブルワーとして。二度と直接見ることはかなわないのだろうと思っていた蜂蜜色の瞳は、昔のまま、いやそれ以上に魅惑的《みわくてき》に、見る者を惹きつける。

美しくて、困る。

來嶋に意地悪く揶揄されても、浅海に手痛い指摘を受けても、いたしかたない。たしかに自分は、常の冷静さを欠いている。

先の爆破事件もあってかなり警戒していたのだが、この日のスケジュールは、肩透かしなほど予定通りに終わった。

クレイトンがうまくスケジュールを調整してくれて、一日中スタジオにこもっていて移動が少なかったから、というのも理由のひとつだろう。まだ情報を表に出せる段階の仕事ではないから、スタッフの人数も最小限で、人の出入りのチェックもさほど難しくはなかったと、様子を見にきた來嶋が言っていた。

なにはともあれ、無事にホテルに帰りつき、クレイトンも宿泊ホテルに戻ったと、連絡を受けた。

「お疲れさまでした」

ねぎらいの言葉とともにワゴンからコーヒーを給仕してくれるのは、今日一日、ずっとエセルの側についていてくれた浅海だ。

車の運転は、和喜多と名乗ったまた別のＳＰが担当していて、神野の姿はまったく目にしていない。

自分が來嶋に頼んだことではあるのだが、視界に映らなくなると、それはそれで気になって、エセルはついつい神野の姿を探してしまう自分に、昼前には気づいていた。

クレイトンにも「いつもの彼は？」などと、くったくなく訊かれてしまって、なんともバツが悪かった。かといって、その場で神野を戻してくれと言えるわけもなく、自分で蒔《ま》いた種とはいえ今日一日ずっと落ち着かなかったのだ。

「あの……っ」

ワゴンを片付けようとしている浅海を、つい呼びとめてしまう。だが、「何か？」と事務的に訊かれてしまうと、何をどう言っていいかわからず、エセルは感情のうかがえない瞳を見つめて黙ってしまった。

「ミスター？」

浅海のかたちのいい眉が戸惑いに歪められるのを見てはたと我に返り、慌てて言葉を紡《つむ》ぐ。

「神野……さん、は……」

神野が担当を外された理由がエセルにあることを浅海は知っているはずだ。

自分で遠ざけておいて何を問うのかと、心中では呆れられているのだろうなと、言った直後には後悔したが、浅海の声音にはわずかながらの変化もなかった。それどころか、逆にエセルを気遣う言葉を返してくる。

「後方警備にあたっています。処分を受けたわけではありませんから、ご安心ください」

エセルが浅海を呼びとめたのは、それが訊きたかったからではなかったのだが、それも気がかりといえば気がかりだったので、ホッと胸を撫で下ろす。

「そうですか……」

まったく姿が見えないから、今回の任務そのものから外されてしまったのだろうかとか、謹慎《きんしん》させられてしまったのだろうかとか。売り言葉に買い言葉状態で訴えたことが、自分が考える以上に大事だったのだろうかと、不安に感じていたのだ。

だが、つづいてなされた浅海の提案には、不自然なほどに首を横に振ってしまう。

「やはり神野のほうがよろしければ、すぐに担当をかわりますが？」

「え？　い、いえっ」

結構です…と、最後まで言葉を紡ぐこともできず、テーブルに置かれたコーヒーカップに手を伸ばす。

「熱っ」

焦るあまり、湯気を立てるコーヒーをガブ飲みしてしまって、舌を火傷《やけど》した。

「ミスター!?」

これまでほとんど表情を変えたことのない浅海が、ぎょっとした様子で、ピッチャーから水を注いだコップを差し出してくれる。

「す、すみません」

浅海の様子もらしくないが、自分もきっと、らしくないと思われているに違いない。

来日以降、神野の目があることもあって、ずっと気を抜けないでいた。理由を知るよしもない浅海の目には、お高くとまった芸能人に見えていることだろう。その自分が子どものような失敗をしたら、クールな浅海だとて、ぎょっと目を剥《む》きもする。

「お疲れのようですね。明後日は一日お休みだとお聞きしています。明日一日、がんばりましょう」

そうしたら、この緊張からも、多少は解放されるだろう。命を狙われて、終始ＳＰに張りつかれていたら、誰だって平素《へいそ》以上に気疲れする。

そう、エセルを気遣う浅海の声にも態度にも、含《ふく》むものは感じられない。

それに感謝しつつも、エセルはひっそりとため息をつく。エセルに一番の緊張をもたらしているのは、命を狙うマフィアの存在ではなく、その危険から守ってくれるはずの神野なのだから。


一日ほぼスタジオにこもりっきりだった前日とは対照的に、今日は移動こそ少ないものの、ひとの出入りの多い一日だった。雰囲気のいいレストランの個室を借りて、雑誌やインターネット番組などのインタビューを、一気にこなしてしまったのだ。クレイトンの手腕によって、スケジュールを調整した結果だ。

エセルバート・ブルワーの名は、日本において確実に大きくなっている。

本人以上に、毎日その顔をテレビで見る自分たちのほうが、その事実をきっと正しく認識している。

人気のドラマシリーズの映像を利用したテレビCMを見るたびに感じる違和感《いわかん》。吹き替えの声はエセルのものではないのだからしかたない。上篠エセルとエセルバート・ブルワーが別人だという印象を持つのは、自分だけではないはず。高校時代、自分よりずっとエセルの近くにいた友人たちなら、より強く似た感覚を覚えているはずだ。

「お疲れさま」

「失礼させていただきます」

來嶋に報告を終えた浅海が、一礼をして部屋を辞していく。その背を呼びとめるでもなく見送っていると、來嶋の目が自分を捉えた。それに気づいた神野は、胸中でひっそりとため息をつく。

「気になるなら、自分で見てきたらいい」

浅海が口にする報告の内容――エセルの様子が気になるのなら、自分の目でたしかめてきたらいいと言われて、神野は唇を引き結んだ。

神妙な顔の部下に、上司は事実を事実として紡ぐ。だがその口調には、おおいに含むものがある。

「交代時間はすぎてる。持ち場を離れても、問題はないだろう?」

だからといって、呼ばれてもいない現場に足を向けていいかといえば、そうではないはず。だが、この上司にまっとうな問答を振ったところで意味はなく、神野はそれに言及しない。

言葉を返してこない部下に興味を失くしたのか、そもそも反応など期待していないのか、言いたいことを言ってそれで気がすんだのか。來嶋はすぐさま態度をかえた。

「明日だが、一日仕事のスケジュールは空いているが、本人は外出されるそうだ」

「……え？」

事前に渡されたスケジュールでは、明日は丸一日空欄《くうらん》になっていた。少々長めの日本滞在で、ちょうど中日にあたる明日、休暇が組み込まれていたのだ。

仕事ではないということは、プライベートでの外出ということになる。

ずっと日本に住んでいたのだからいまさら日本観光をしたいなどとは言いださないだろうが、買い物だろうか、それとも目新しいスポットを巡りたいのだろうか。

「許可されたんですか？」

この状況で？　と、神野が眉間に皺を寄せる。それには答えず、來嶋は命令だけを短く告げた。

「明日はおまえがつけ」

ますます眉間の皺を深めて、そもそも考えの読めない上司が口にした、さら読めない言葉を訝る。

神野は今現在、エセル本人の希望で後方にまわされているのだ。互いにしかわからない理由とはいえ、エセルが受ける精神的苦痛を思えば、神野自身もそのほうがいいと感じている。

「しかし自分は……」

神野の訴えを、來嶋はますます理解不能な言葉で遮った。

「友だちとしてついていけ」

「……は？」

思わずらしくない気の抜けた返答をしてしまって、はたと我に返り唇を引き結ぶ。

「明日は普段着でこいよ」

白い手に肩をポンポンと叩かれる。

公私《こうし》をしっかりとわけているようで、友人の弟だという認識が、この上司には実は結構あるのかもしれない。

6

来日前からの予定だったとはいえ、状況が状況だから自粛を言い渡されるだろうと思っていたら、思いがけず許可された。

そのかわりの条件が「やっぱりやめる」という言葉を紡がせかけたが、約束相手の顔を想い出したらそれも言えなかった。

エセル側から提示した希望は、大袈裟にSPをつけず、できればその姿が周囲に見えない状態で外出したいというもの。約束相手に不安を与えたくなかったからだ。

一方、警察側から出された条件は、警護に神野《じんの》をともなう、というもの。

「神野なら、友人で通るでしょう。話し相手にもなるのでは?」

などと、來嶋《きじま》は軽く言ってくれて、さすがに上司には同級生であることを報告しているのだなと知ったけれど、余計なお世話だと言いたい気持ちにさせられた。

そんなわけで今、エセルの隣には、ステアリングを握る神野。

高校時代は学生服姿と道着姿しか知らないし、ＳＰとしての彼はいつもダークスーツ。だから、ジーンズにコットンシャツ、ジャケットというラフな格好が新鮮だ。いつもは清潔に見える程度に整えている髪も、今は手櫛《てぐし》で梳いただけと思われるナチュラルさ。

車は耐弾ボディの警備仕様車ではなく、神野の私物だという。国産のＳＵＶだ。

警備仕様車では、外観はごまかせても、車内には無線等の機材があれこれ装備されているから、とても一般車に見せかけることはできない。

かといってタクシーでは安全が確保できないからと言われ、この状況に落ち着いた。落ち着いたとはいっても、エセルは今朝出かける前に結論を聞かされただけで、過程《かてい》の議論に参加してはいないけれど。

車内には、瑞々《みずみず》しい花の香りが満ちている。

後部シートにそっと置かれた大きな花束。白い花だけでまとめられたそれは、今日の主目的のために、ホテルの花屋にオーダーしておいたものだ。

カーナビが、目的地への到着を告げる。

都下《とか》の住宅街。開発されてから年月の経った街は、鄙《ひな》びた落ち着きとともに生活感のあるたたずまいを見せている。

その一角、どこにでもある戸建て住宅の前で、車は静かに停車した。

「ありがとう。ちょっと待……」

神野を労ったエセルがシートベルトを外そうとしたタイミングで、室内からずっと外をうかがっていたのだろう、玄関ドアが開く。

「エセル！」

元気な声とともにスロープを小走りに駆け下りてきたのは、上品なたたずまいの白髪の老婦。

「グランマ《おばあちゃん》！」

車を飛び降りたエセルは、足取りの少々危うい女性を気遣うように駆け寄り、その手をとった。

「ああ、エセル！　会えて嬉しいわ！」

アメリカンカントリーを彷彿《ほうふつ》とさせる小花模様《もよう》のワンピースを着たハイカラな老婦は、エセルの母方の祖母だ。母を早くに亡くしたエセルにとっては、母親がわりの人物でもある。

ハグとともに両頬に親愛のキスを交わして、再会の喜びを分かち合う。ここのところの多忙ゆえ、祖母に会うのはほぼ一年ぶりなのだ。

「ごめんね。なかなかこられなくて」

「顔をよく見せて。また少し痩《や》せたんじゃないの？」

エセルがいくつになっても、小さな子ども扱いは変わらない。だがそれを心地好いと思えるほどには、こちらも大人になった。

「大丈夫だよ。元気だし、ちゃんと食べてるから。――ああ、でも、グランマのブラウニーが恋しいな」

「もちろん焼いてあるわよ。あなたのママが好きだったメープルシフォンもね」

いつものやりとりを交わして、微笑み合う。

すると祖母が、エセルの肩越しに、いつもはない存在があることに気づいた。「彼は？」と問われて、エセルは神野を放置していたことを思い出す。

彼は…と、言い淀むエセルとは対照的に落ち着きはらった様子で、神野は礼節《れいせつ》を仕込《しこ》まれていることがよくわかる所作《しょさ》で腰を折る。

「はじめまして」

愛想がなくても、老齢の女性の目には紳士的で好感のもてる態度に映ったらしい。祖母はニコリと微笑むと、神野にもその温かな腕を伸ばした。

だが、純粋な日本人だとわかる相手に、不用意にハグもキスもしない。両手でしっかりと手をとって、「いらっしゃい」と、ぎゅっと握る。

「高校のときの同級生なんだ。今日一日、ドライバーしてくれるって言うから。大きい車のほうがグランマも楽だと思って」

車中でずっと考えていた言い訳をもっともらしく告げれば、祖母は孫の気遣いに感激した様子で、握った神野の手を大きく振った。

「まあまあ、ありがとう」

愛想笑い《あいそわら》いを浮かべるでもない男に満面《まんめん》の笑みを向け、くったくのない言葉をかける。

「私はエセルが世界一のハンサムだと思っているのだけれど、あなたは二番目にハンサムね！」

無邪気すぎる発言にぎょっとさせられたエセルは、慌てて祖母と神野の間に割って入る。

「グランマ！　何言ってるの、もうっ」

すると背後から、抑えた笑いがかすかに漏れた。振り返れば、神野の表情がわずかにゆるんでいる。

「エセル！　お友だちも！　早く上がってちょうだい。お茶が冷めちゃうわ」

立ち話もほどほどにしなさいと、玄関ドアを開けて招《まね》き入れるのは、エセルの叔母――亡き母の妹だ。その隣には叔父の姿もある。

エセルが渡米を決めたときに、祖母も次女夫婦との同居を決めた。それまでは、ずっと

エセルとふたり暮らしだったのだ。

メープルシフォンケーキの供えられた仏壇《ぶつだん》に手を合わせるエセルの横で、神野も同様にしてくれる。

祖母の手作りおやつをお茶うけに、香り高い紅茶をごちそうになりながら、叔母夫婦と近況のやりとりをして、それから祖母を連れ、郊外の山間部にある墓地へ、母の墓参りに行く。

母の命日に、というわけにはいかなくなって久しいが、それに近い日程で来日できたときに、かならず組み込むスケジュールだ。だから今回も、この約束だけは、どうしても果たしたかった。

「ニュースで見たわ。お父さんは大丈夫なの?」

「君にも、火の粉が降りかかるんじゃないか?」

叔母夫婦の気遣いに、エセルは曖昧《あいまい》に微笑み返す。マフィア根絶を訴える父の政治活動が闇社会を刺激しているという報道は少し前からされているが、実際に脅迫され、命の危険に曝《さら》されている事実は公表されていない。

「ますます会いにくくなるわねぇ……ずっと日本にいられるなら別でしょうけれど、そういうわけにもいかないし」

エセルが俳優として多忙になるだけならしかたないと思えるが、父の政治活動が影響しているとなると、叔母の立場としてはどうしても微妙らしい。母は、結局は未婚のままエセルを産んだのだから。

「心配かけてすみません」

家族に心配をかけるくらいなら、日本に残って、大学に進学して、普通に就職していたほうがよかったのかもしれないと、どうしても考えてしまう。

「エセルは、エセルの好きなことをすればいいのよ」

瞳を伏せるエセルを、気にする必要などないと元気づけてくれるのは祖母。温かな紅茶を注いで、空いた皿にもう一ピース、ブラウニーをとりわけてくれながら、おだやかに微笑む。

「グランマ……」

ここには、純粋《じゅんすい》にエセルを応援してくれる人しかいない。

その幸福を、噛みしめる。甘い味とともに。

懐かしい味に舌鼓をうつエセルの横で、神野も素朴《そぼく》な味を口に運んでいる。仕事柄、水分摂取量に注意を払うSPでありながら三杯目のブラックコーヒーが半ば減っているのを見るに、甘いものはあまり得意ではないようだが、祖母のために平らげてくれたようだ。

チラリとそれをうかがうと、神野もエセルの横顔に視線を寄こす。だが、会話はない。

「今日は楽しいドライブになりそうね」

お供えのほかに、水筒やらおやつやらをバスケットに詰めながら、祖母が口にした言葉にエセルは噎《む》せかかったけれど、神野は何食わぬ顔で残りのコーヒーを飲みほした。


霊園へ向かう車中では、祖母が持ち込んだ、エセル主演ドラマのＤＶＤがずっと流されていた。後部シートに並んで座って、ずっと祖母の手を握りながら、会えない間にあったあれこれ――もちろん楽しい話だけだ――を話して聞かせた。

ときおり、バックミラー越しに、ステアリングを握る神野と視線が合う。

だが、どうしてか、最初のころに感じたような息苦しさには襲われなかった。

祖母が一緒だからだろうか。それとも、神野がＳＰの顔を隠しているからだろうか。密《ひそ》かに周辺を固めているはずのＳＰたちの姿が見えないからだろうか。

神野には、仲間の気配が感じ取れているのかもしれないけれど、素人のエセルには気配を消している彼らの存在がどこにあるのかわからない。

だから、自分が即席《そくせき》で書いた脚本が現実になったかのような、錯覚《さっかく》を覚えてしまう。

祖母を安心させるための嘘に、自分の演技に、自分で取り込まれてしまう。

時計の長針が二周する前に、車は霊園の駐車場に滑り込んだ。

山を切り開いてつくられた霊園には、遮られることのない太陽光が燦々《さんさん》と降り注いでいる。

線香の香りの満ちる霊園を、祖母の手を引きながら歩く。

一歩後ろには、常に神野の気配。

石段を上り、山の中腹に辿り着く。

白一色でまとめられた花束をたむけ、祖母手作りの菓子を供え、故人《こじん》と語らう。

温かな時間は、穏やかにすぎていく。

「いいお天気でよかったわねぇ」

「ママは晴れ女だったからね」

「そうそう。だから幼稚園の入園式も運動会も遠足も、ぜーんぶピーカン！　エセルったら、眩しそうな顔で映ってる写真ばっかりで」

想い出をめくりながら、祖母が目を細める。石段を下りる途中、エセルは太陽を見上げた。

「僕もママに似て晴れ男だよ。ロケで雨に降られたことないからね。そのかわり、降ってほしいときにも降らないって、スタッフに嘆《なげ》かれるけど」

「あらまあ、じゃあ『パート2』のラストの雨のシーンはどうしたの？」

「強烈《きょうれつ》な雨女が共演者のなかにいたんだよ」

「ヒロインの彼女？」

「そう」

見つめ合って、笑い合う。

霊園のつくられた山の麓《ふもと》には緑地公園があって、マラソンコースや遊歩道《ゆうほどう》がつくられている。

芝生《しばふ》広場の一角、木陰《こかげ》に置かれた木製のベンチで、黙々《もくもく》と走る人や犬を散歩させる人、芝生に寝転んで太陽光をおもいっきり浴びるカップルなどを観察しながら、こちらもティータイムと洒落《しゃれ》込む。

祖母を真ん中にして三人座っても、大きなベンチには余裕がある。

持参のポットからアルミカップに注いだコーヒーは充分に香り高いし、可愛らしくラッピングされたブラウニーもシフォンケーキも、叔母の家で食べたのと変わらずに美味《おい》しい。

「運転、お疲れさま」

アルミマグに注いだコーヒーを差し出すと、神野は小さく頷いて受け取る。

今この瞬間も、彼は周囲への警戒を怠《おこた》っていないのだろう。ふたりの間に祖母を座らせるのも、警護上本当はよくないのかもしれない。こんな見晴《みは》らしのいい場所で休憩をとるなんて…と、本当は言いたいに違いない。でも休日をすごす家族の姿としては、これが普通ではないかとエセルは思うのだ。

「神野くんは、どんなお仕事をなさってるの？」

車中ではずっとエセルと話していたから、今度は神野に興味が向いたらしい、祖母の問いに、エセルは内心ヒヤリとした。だが神野は、平然と言葉を返している。

「公務員です」

「あら、意外」

嘘ではないが、何かが違うと思わされる単語。胸中で思いっきり突っ込んだエセルだったが、つづく祖母の言葉には、思わず同意した。

「でも、そうね、男子学生に慕われるタイプだわね」

どうやら祖母は、公務員と聞いて勝手に教員だと思い込んだらしい。ついつい笑いが零れて、それに気づいた神野が視線を向ける。

サラリと誤魔化すつもりが思いがけない方向に勘違《かんちが》いされて、祖母が無邪気なだけに困ったな…と、口にせずとも思っているのが、ほとんど変わらぬ表情からも感じ取れる。詳《しょう》細《さい》まで語らなければ大丈夫だろうと、エセルは助け舟を出すことにした。

「違うよ、グランマ。神野は警察官なんだ」

だが、SPだと言えないばかりに、今度もまた祖母は見当違いな方向に受け取ってくれて、もはやフォローのしようもなくなる。

「まあ、お巡《まわ》りさん？　制服もきっと似合うわねえ！」

昔、近所の派出所《はしゅつじょ》にいた駐在《ちゅうざい》さんがそりゃもういい男で…などと、またもや予想外の方向に話を転がしはじめてしまったのだ。

祖母は昔から、明るくて話好きで、無邪気な少女のような人だが、少々思い込みの激しいところがあったかもしれない。

さすがに突っ込む言葉もなく、今度はエセルが困った顔で神野をうかがう番。余計なことを言ってしまったかもしれないと、恐る恐る視線を向ければ、神野は相変わらずの様子で、祖母の明るい声に真摯に耳を傾けてくれていた。

「どうりでいい体格。とっても強そうね。剣道とか柔道とか、習ってないと採用試験うけられないんでしょう？」

「それは子どものころからやってましたから」

それを受けて、なんとか当たり障りのない方向へ話を進めようとあいの手を入れてみたのだが、それは単なる墓穴《ぼけつ》掘りに終わった。

「神野は、いろんな大会で何度も優勝してたんだよ」

高校時代、神野の存在を、あの件以前からしっかり認識していたと暴露《ばくろ》したも同然の発言。神野は取りたてて反応を示さないが、勝手にギクリとしてしまって、その目が見られなくなる。

だが、「まあ、すごいのね！」と、さらに興味をそそられたらしい祖母からかけられた言葉に対する神野の応えが、先の発言で一瞬冷えたエセルの血流を、またたく間に速くした。

「エセルも教えてもらったらよかったのに。今はだいぶマシになったけど、高校生のときのこの子ったら、上にばっかり大きくて細っこかったでしょう」

「そうでしたね」

神野は、わずかな躊躇いも見せず、祖母の言葉に頷いた。

反射的に顔を上げたエセルの視線は、まっすぐに神野のそれとぶつかってしまう。

「……っ」

別に、神野が高校時代の自分をちゃんと認識していたという意味ではないはずだ。

あんなことをしたのだから、あの当時のエセルの体格がどうだったのか、記憶の片隅《かたすみ》くらいには残っているのだろう。

でも……。

もしかしたら、自分の存在が彼の視界の端に映ることが、少しくらいはあったのだろうか。

そんなことを考えて、ありえないと即座に否定する。

しかし、波立つ胸中を必死に宥めるエセルの横で、祖母の舌がますますなめらかにまわりはじめて、切ない物思いに耽《ふけ》っているどころではなくなってしまった。

「中学のときはママに似て女の子みたいで。『私より綺麗な男子はイヤ！』って、ふられたのよ」

「ちょ……、グランマ!?　なんでその話知ってるの!?」

「おばあちゃんはなんでも知ってるんです」

「もうっ、そんな話、神野に聞かせないでよっ」

眦が熱くなるのを感じて、そこを手の甲で拭いつつチラリと視線を上げると、神野の黒い瞳はかわらずに自分に注がれていて、いたたまれなくなる。

けれど、視線を逸《そ》らそうとした瞬間、その目がわずかに細められるのを見て、エセルは視線を止めた。男の瞳の奥にいつもと色合いの違う光が横切ったような気がして、長い睫毛を瞬く。

「なぁに？　ふたりだけでアイコンタクトなんかして。私も混ぜて」

祖母に指摘されてはじめて、見つめ合っていたことに気づく。

「な、なんでもないよ、グランマ」

「あら、意地悪《いじわる》」

自分の数々の発言は完全に棚上げして返してくる祖母に苦笑して、エセルは少々悪戯《いたずら》な表情をつくってウインクした。

「男同士の話だから」

「じゃあ、お邪魔できないわね。残念だわ」

祖母の手をとり、笑い合う。

散歩するカップルか、ベンチで昼寝するサボリ中のサラリーマンか、それとも木陰に隠れて姿が見えないのか。この長閑《のどか》な景色のなかに、神野と同じ、自分を警護するＳＰが紛れている。

けれどそれを忘れてしまいがちなのは、ついつい緊張感をゆるめてしまうのは、隣にある存在が温かいのはもちろん、それを見守ってくれる黒い瞳がいつもの厳しさを感じさせないからだ。

陽が傾きはじめたのを合図に、腰を上げる。駐車場までは、五分もかからない。

車高の高い車にまずは祖母を乗せて、後部座席のドアを開けたまま、エセルは男の手を引いた。その耳元に唇を寄せ、潜めた声を紡ぐ。

「今日はありがとう。無理を聞いてくれて」

いつもよりいくぶんやわらかい光を宿す瞳を見上げて礼を告げると、しばしエセルの眼差しを受けとめたあと、黒い瞳はスッと逸らされて、周囲を警戒するように空《くう》に向けられる。

「帰り着くまでは気を抜くな」

そっけない態度も、堅苦《かたくる》しい返答も、嫌な感じは受けなかった。それどころか、男の生《き》真面目《まじめ》さの表れのようで、むしろ好ましい。

「ボディガード役のオファーがきたときには、参考にさせてもらうよ」

そんな言葉を返すと、チラリと視線を寄こされる。睨まれたのかもしれないが、別に気にならない。

「緊張感が足りない?」

その言葉が、ふざけているように聞こえたのか、男の眉間にやっと縦皺が刻まれる。

「気を抜くなと言ったばかりだ」

変わらぬ口調で叱られて、でもエセルは、その言葉を鼓膜に心地好く聞いた。

不快な感情が湧かないかわりに、トクトクと、規則正しく……いや、いつもより、少しだけ早く脈打つ鼓動が、はっきりと聞こえる。

「君が守ってくれるんなら……」

きっと大丈夫と言おうとしたのか、それとも何があってもかまわないと、また叱《しか》られそうなことを言おうとしたのか。

自分でもわからないまま言葉は途切れて、そして結局紡げないまま放置されることとなった。

神野の眼差しが、じっとエセルを捉えている。

だがそこに、さきほど見たやわらかな色はない。微塵の甘さも穏やかさもなく、それどころか、男のまとう気配が一気に険呑《けんのん》さを増して、エセルは目を見開いたまま固まった。

「――っ!?」

この状況は、空気は、経験がある。

――……まさ……か……。

平日の夕方。

訪れる人よりも、家路につく人のほうが目につく時間帯。

駐車場は、適度に埋まっている。

神野の意識が、斜め後方に停められたコンパクトカーに向くのがわかった。だが視線はエセルを捉えたままだ。

すぐ後ろに停まるセダンは、実は警備仕様車。一般人に紛れたSPが乗ってきたものだ。運転席には、タオルを顔にのせ、仮眠をとるふりをする男性。

その横がひとつ空いていて、そのさらに隣に青い車。空いた場所に停まっていた白のステーションワゴンは、家族連れを乗せてついさっき出て行った。

青のコンパクトカーは、たしか着いたときには停まっていなかったはずだ。あんな目立つ色は、目にしていない。

空いた場所へ駐車しようと、走ってきた外車がハンドルを切るのが見えた。

エセルには、神野が何に警戒を張らせたのか、理解できない。

神野？　と、どうかしたのか？　と、問おうとする前に、視界が陰り、全身を衝撃が襲っていた。

衝撃が大きすぎて、五感が麻痺《まひ》する。

それが爆発音だとわかったのは、地下駐車場でのダンボール箱爆発事件を先に経験していたからだ。だが規模が、全然違う。

爆風と熱が、頬を掠《かす》める。無防備に轟音を聞きとってしまった鼓膜は痺れて、痛いほどの耳鳴り。その向こうから、呼ぶ声がする。

「上篠《かみじょう》!? 上篠!!」

頬を軽くはたかれた。その痛みに、遠のきかけていた意識が引き戻される。

働きを取り戻しはじめた鼓膜が拾うのは、悲鳴とざわめき、叫び声。そして、何かが燃える音。オイル臭の混じった、焦げ臭いにおい。

「神…野……?」

逞しい胸に抱き込まれている頭部と、背に感じる力強い腕の感触。抱き上げられて、少し離れた場所へと運ばれる。

「上篠、しっかりしろ」

「な…に……?」

ぎゅっと抱きしめられたまま、男の顔を見上げて、それからゆっくりと首を巡らせる。

「神野……！」

「大丈夫だ！」

無線を身につけていない神野は、どこからか届いた仲間の声——これは浅海《あすみ》だろう——

に大きな声で応えを返した。そのあとで、ポケットから通信機を引っ張り出して、イヤホンを耳にはめる。

エセルの目が捉えたのは、バックで駐車しようとしていて、だがなぜか半ばで停まっている外車と、その向こうに炎上する青い車。

外車のガラスにはヒビが入っている。左ハンドルの運転席のドアが開いていて、少し離れた所に、地面に倒れ込む人影。通行人らしき人に、助け起こされている。

取り囲む野次馬《やじうま》。

それを制す、一般人の仮面を脱ぎ捨てたＳＰたち。

そして、後部座席のドアが開いたままの、神野所有のＳＵＶ。反対側のドアも開けられていて、なかを覗き込んでいるのは浅海らしきシルエット。

――……っ!!

全身の血が下がるのがわかった。

「グラン…マ？」

自分を抱き込んで離さない広い胸を、弱々しく押す。

腕の囲いを抜け出そうとするエセルを引きとめる逞しい腕。それを振り払って、エセルは叫ぶ。

「グランマ！　グランマ……！　──痛……っ」

「上篠！」

崩れ落ちる身体を、神野の腕が支える。

這ってでも車に駆け寄ろうとするのを、力尽くでとめられた。

「神野……！　放……っ」

暴れても、許されない。

ほかの誰でもない、エセルを守ることこそが自分の任務だというように、腕の力はゆるまない。

「救急車はまだか！」

叫ぶ声は、ＳＰのなかの誰かか、それとも囲む野次馬か。

救急車と消防車のサイレンが聞こえはじめるまでが、やけに長く感じられた。

その間ずっと、神野の腕はエセルを抱いて放さなかった。

「大丈夫だ」

祖母を呼びつづけるエセルの耳に、短い言葉が落とされる。その力強さが、最後の砦《とりで》だった。

7

仕掛けられた爆弾の破壊力は、前回の比ではなかったらしい。完全に人を殺せる量の爆薬が使われていたと、報告を受けた。

青いコンパクトカーは盗難車だった。だが周囲を警戒していたSPの記憶では、乗ってきたのはごく普通の若いカップルだったという。だが彼らの姿は、その後目撃されていない。マフィアの仲間なのか、それとも金で雇われただけのチンピラなのか。捜査してみなくてはわからない。

外車に乗っていた運転手は、完全に巻き添えだった。無関係の一般人だ。命に別条はないが、爆風で割れたガラスで複数個所に怪我を負った。ほかに、近くに停められていた車に乗っていた人も数人いたらしいが、そちらに怪我はなかった。

そして、SUVの後部座席に座っていた祖母は……。

「入院ですって。大袈裟ねぇ」

爆風で飛んできた破片で腕と足を負傷したものの、こちらも命に別条はなく、駆けつけた叔母夫婦ともども、病室に入ることを許されたエセルはホッと安堵《あんど》の息をついた。

「病院のごはん、美味しくないんだもの。帰りたいわ」

などと、呑気に言い放った祖母は、立ち竦むエセルに「大丈夫よ」と笑みを向けてくれる。

「グランマ……っ」

「まあまあ、小さな子みたいに。あなたは大丈夫だったの？」

脱力とともに込み上げるものをこらえきれず、ぎゅっと抱きついて離れないエセルの髪を、祖母はやさしく梳いてくれた。

「ごめんっ、ごめんなさいっ」

父の周辺事情とともに自分の置かれた状況を、このときはじめて告白した。

祖母は「つらかったわね」と、エセルを気遣ってくれる。いつもいつも、やさしい気持ちと温かな場所だけを与えてくれる。

「ごめんなさい……」

こんなことになるなんて、考えてもみなかった。大切な人を、無関係な人を、巻き込むことになるなんて……。

自分がいかに浅はかだったか、思い知る。

偉そうにマフィアの恐ろしさについて語りながら、どうせ死ぬなら日本で死にたいなんて言いながら、本当は誰より真実を見ていなかった。見ようとしていなかった。逃げていた。

現実を見据える怖さから、目を背けていた。

神野《じんの》に呆れられて当然だ。

「神野くんにお礼を言わなくちゃね。エセルを守ってくれてありがとう、って」

祖母の言葉に、素直に頷く。

皺組んだ手を握って、頬を寄せる。

頬を零れる涙は、後悔と自責の念に濡れて、苦い味がした。


祖母が入院する病院と叔母宅にも警護をつけたほうがいいだろうと、來嶋《きじま》が手配してくれた。

ニューヨークの父にも、クレイトンが秘書経由で報告を入れてくれたらしいが、今のところ音沙汰はない。向こうは向こうでシークレットサービスが目を光らせているとはいえ、通信が傍受されている危険性はゼロではないから、それは仕方ないと割り切っている。

ホテルに戻ってきて、昼間の延長で、浅海《あすみ》ではなく神野が側についてくれる。

ソファにぐったりと身体を沈ませるエセルの前に出されたのは、爽やかな香りのハーブティー。鎮静作用のあるハーブが組み合わされていることがわかる独特の香りだ。

香りをかぐだけでも、ホッと肩の力が抜ける。

礼を言って、それをひと口含んだとき、テーブルにポットや蜂蜜を並べていた神野の手の甲に、斜めに走るものを見つけた。

カップをソーサーに戻して、その手をとる。

「……怪我……」

何かで引っ掻いたような傷。もう血は止まっていて、細長く瘡蓋《かさぶた》が張っていた。

爆風からエセルを庇《かば》ったときに、破片で傷つけられたのだろうか。エセル自身は、まったくの無傷だというのに。

ふいの行動に、神野はピクリと肩を揺らしたものの、「ただの擦り傷だ」と手を引こうとする。それを、ぎゅっと握ることで引きとめた。

単純に、誰かの体温が恋しかったのだ。

「……どうして？」

大きな手を両手で包み込み、手の甲の傷を見つめながら、ポツリと呟く。

「どうしてこんな……」

「上篠《かみじょう》？」

エセルの傍らに片膝をつき、神野が顔を覗き込んでくる。ゆっくりと顔を上げたエセルは、その黒い瞳に映る自分を呆然と見つめながら訥々《とつとつ》と訴えた。

「僕がさっさと殺されてたら、無関係の人を巻き込まずにすんだのに……グランマに怪我なんてさせずにすんだのに……っ」

神野は、激情のままに感情を迸しらせることすらできないでいるエセルを、じっと見つめるだけ。

「バカなことを言うなって、怒らないのか？」

誰かに罵ってほしくて、自分の愚かさを叱咤してほしくて、あえて問う。それを受けた神野は、言葉を変えてエセルを諭《さと》してくる。

「お祖母さんが哀しむようなことを言うな」

「……っ」

いつもの意地っ張りも強がりも、もはやナリを潜めていた。

祖母の存在は、亡くした母のぶんまで、エセルにとっては心の支えで、たぶん一番のアキレス腱《けん》といえる。

たとえ離れていても、エセルを誰より愛し応援してくれる祖母の存在が、エセルを前へ前へと進ませてくれたのだ。これまでずっと。

「アメリカになんて、行かなきゃよかったのかな」

日本の大学に進学して、俳優になどならなければ、ダグラス・ブルワーの実子だと公表しなければ、こんな事態に巻き込まれることもなかったのだろうか。それとも、調べ上げられて、同じように脅しのネタに使われたのだろうか。

――『どうしてエセルがこんな目に遭《あ》わなきゃいけないの!?』

真実を知った叔母は憤っていた。

――『あの人はいつもいつも……! 姉さんを捨てて、エセルを苦しめて……今度はこんな……っ』

――『やめないか』

――『だって……!』

夫に諌められても、おさまらない様子だった。自分のために憤ってくれる叔母に、エセルは『心配かけてごめんなさい』と詫びることしかできなかった。

自分がなぜ渡米を決めたのか、高校三年の秋の出来事を思えば、なんとも因果《いんが》だと苦笑を禁じ得ない。その原因であるはずの男に、自分は今、守られているのだから。けれど、決めたのは自分だ。選んだのはエセル自身。

「お祖母さんは、上篠の作品を楽しみにしてるんじゃないのか」

車中でずっとエセルが出演した作品のＤＶＤを流し、飽きもせず見ていた祖母の姿を想い出して、神野が言う。

「多くの人がおまえの作品を待ってる。その気持ちまで、否定するな」

ありきたりの言葉ではあったが、生み出すものを受け入れてもらえる喜びを知る表現者のひとりとして、胸に響く言葉でもあった。

「僕の出てる作品なんて見たこともないくせに」

簡単にいなされて悔しくて、軽い口調で詰《なじ》る。

高校時代、少しくらいは自分の存在を視界の端に映してくれていたのだろうかなんて、数時間前には期待を過らせもしたけれど、自ら興味を抱くのと、ほうっておいても耳から情報が入ってくるのとでは、話が違う。

当時自分は、興味のないふりを装いつつ、自分すらそうして欺《あざむ》きつつ、神野の噂話を懸命にかき集めていた。

でも今、エセルの情報は、普通に文化的な暮らしをしている人間なら、テレビや雑誌などのメディアから、ある程度は勝手に入ってくるだろう。

その違い。

そんな些細《ささい》なことに感情を粟立たせてしまう自分をバカだな…と冷静に見る目はあるのに、それでも、まっすぐな言葉はエセルの胸を打った。素直に礼の言葉を口にする。

「……ありがとう」

被警護者を励ますことまでSPの仕事なのだとしたら、それは本来來嶋の役目であって現場に立つ神野の仕事ではないだろう。

それを、元同級生という立場から、買って出てくれているのだ。これ以上意地を張ったら罰があたる。

「巻き添えになった人に、お詫《わ》びにいかないと」

呟くと、今はまだ自分のことだけを考えていればいいと諭される。

「捜査が終わってからだ」

言われて、黙って頷いた。

完全に無関係の第三者と判明したわけではないという理由から、病院では合わせてもらえなかった。警察の事情聴取の最中だったのだ。それも申し訳なく思う。怪我をさせられた上に嫌疑《けんぎ》までかけられたら、迷惑どころの話ではない。

沈鬱な面持ちで瞳を伏せるエセルに、神野は言い聞かせる。

「また狙われても、俺がかならず守る。これ以上誰も巻き込まないと約束する。だからもう、自分を責めるな」

真摯な言葉に促《うなが》されるように瞳を上げれば、真っ正面に精悍な顔。言葉遣いは砕《くだ》けたものだったけれど、その表情にはSPとしての厳しさがうかがえる。

その誠実そのものの目を見て、エセルは「なぜ?」とゆるく首を振った。エセルには、単純にわからないのだ。神野がなぜ、そんな言葉をくれるのか。それとも、どんなクライアントにも、いつも、そんな言葉をかけているのだろうか。

そう思ったら、胸をチクリと刺す、これは嫉妬?

「どうして他人のために命を張れるんだ? それが任務だから?」

手の甲の傷を、指の腹でそっと撫でながら、頷く以外の返答などないはずの問いを投げる。

だが神野は、言葉を返さないかわりに頷きもしない。黙ってエセルを見つめるだけ。けれどその瞳には、ゆるぎない光が宿っている。SPとして、壁となり最後の砦となって、脅かされる命を守ること。それが男の使命なのだ。

その使命をまっとうすることに、男は生き甲斐を見出している。ろくろく言葉を交わしたこともない人間のために、命を落とすことだってありうるというのに。

――神野の、命……。

己の命も守れない者に、他人の命など守れないと言われる。けれど、それでも、自分のために差し出されるかもしれない命がある。目の前に。

そんなあたりまえの事実に、いまさら気づくなんて、愚かすぎる。

自分のために、神野が命を落とすかもしれない可能性。そのパーセンテージの高さに、エセルは身震《みぶる》いする。

怖いと、思った。

己に降りかかる危険以上に、大切な人が危険にみまわれることの怖さを、エセルは今日思い知ったばかりだ。

自分のために負った傷がある。

神野の手の甲に残る、傷痕《きずあと》がある。

無性に胸が痛くてたまらない。

考えるより早く、身体が動いていた。

まだ赤みの残る傷痕に、そっと唇を寄せた。癒《いや》すように、舌を這わせる。

「……！」

神野が息を呑む。ゆるく見開かれた黒い瞳を間近に見据えて、エセルは掠れる声を紡いだ。

「そばに、いてほしい」

ただ、離れがたくて。

ただ、人恋しくて。

だから、この手のなかの体温を、このまま手放したくない。あの広いベッドで、ひとりで寝るのは嫌だ。今夜は。

誰かに……目の前の男に、側にいてほしい。

「今夜だけで、いいから」

男の手を両手で包み、額を寄せる。拒まないでほしいと、祈るように。

沈黙は、何秒つづいたのか。

ほんのわずかな時間だったのかもしれないが、エセルには永遠にも思えた。

言葉はなかった。

かわりに、大きな手が、エセルの手を握り返した。

ゆっくりと顔を上げると、すぐ間近に黒い瞳。

その中心にチラチラと光るのは、エセルの髪色を映し取ったハニーゴールド。神野の瞳が自分を捉えている証拠だ。

それに誘われるように、気づけば唇を寄せていた。引き結ばれた薄い唇に、一度、二度、軽く触れるだけのキス。

ごく自然に、その首に腕をまわして、間近に見つめ合って、睫毛を震わせる。

吐息が唇に触れた。

下から掬い取るように唇を合わされて、いきなり深く求められた。

「……んんっ」

喉が甘く鳴る。

淫らな水音が、身体の内から聞こえる。

はじめの荒っぽさが嘘のように丹念な口づけが、エセルの思考を蕩かせる。

名残り惜しげに離れた唇を追うと、いなすように軽く合わされる。濡れ艶めくエセルの瞳を見据えたまま、神野は無線を口許へ運んだ。

「神野です。今晩は、自分がここに残ります」

応えを確認して通話を切り、無線機そのものをローテーブルに放りだす。

再び合わされる唇。

エセルは、ゆっくりと身体の力を抜いた。


長い口づけのあと、ベッドルームへと促された。

軽く肩を押されただけで、広いベッドに背中から倒れ込んでしまった。

互いの着衣に手を伸ばすのももどかしく、貪るように口づけ、互いの肌の熱さをたしかめる。

エセルが求めるのは、ただ救いとしての体温。

それがわかっている神野は、睦言《むつごと》ひとつ口にするでもなく、その指で唇で、エセルの白い肌に熱を灯していく。過去にたった一度灯されただけの熱は、たやすくエセルを絡め取った。

欲望に絡む節くれだった指。

胸を舐る舌の執拗《しつよう》さと、いたるところに残される赤い痕。

白い胸に、薄い腹に、やわらかな内腿に。神野は愛撫の痕跡を刻んでいく。

身体の芯を震わせる感覚に恐怖して、黒い髪に指を差し入れ、掻き混ぜる。すると、それを諌めるように、太腿の付け根を強く吸われた。

「……っ！　や…ぁ、あっ」

熱を溜め込んだ肢体が跳ねる。

そのさまを、男は熱い眼差しで見つめる。

荒い呼吸と滴る汗。

縋《すが》った広い背の筋肉の隆起を、指先で辿って、エセルは高校時代にたしかめられなかったその躍動を、掌で直接感じ取る。

奥へと伸ばされる長い指。

固く閉じた場所をあやすように少しずつ暴かれ、深い場所にも熱を灯される。

異物感に喘いだら、浅ましく反り返った前を弄られて、身体の力が抜けた。奥の奥まで探られる。

「あぁ……っ、は…ぁっ！」

荒っぽさがないかわりに執拗な愛撫。強引に押し拓いておきながら、丹念《たんねん》に探り、快楽を引きだす。快感のポイントを緩急をつけて擦られて、エセルは細い腰を揺らし、悩ましい太腿で男の身体を挟み込んだ。

「ダ…メ、も……っ、あ……っ」

あと少しというところで、指を引き抜かれ、思わず瞳を揺らしてしまう。男を見上げる瞳に濃い媚《こび》が浮かんでいることが、自分でもわかった。羞恥にカッと頬が熱くなる。

黒い瞳と絡む視線。エセルの反応のひとつひとつを、あますところなく神野の眼差しが映し取っている。

物足りなさを訴える内部と、それに呼応するように震える欲望。

膝の内側に口づけて、神野はエセルの白い太腿に唇を這わせてくる。付け根へと伝ったそれが、穿つものを失った内部をさらに疼かせた。

ぐっと太腿を開かれる。羞恥に声を発するより早く、欲望が男の口腔《こうこう》にとらわれる。エセルは、甘い声を上げた。

「あぁ……っ！」

熱い舌が絡みついて、ただでさえ敏感になった器官を吸い上げる。

奥に再び指を含まされて、エセルの思考が白く霞《かす》む。

無骨な指も執拗な唇も、エセルの肉体に快楽だけを与え、淫らな欲望に溺れていいのだと教えるようにやさしく蠢く。

「あ…ぁっ、――……っ！」

そのまま頂へと追い上げられ、エセルは誘われるまま、男の口腔に情欲を吐き出した。

「あ……ぁっ」

余韻にさざめく肌に、秘所に、与えられる愛撫。濡れた吐息を誘い出すそれが、次への欲求を生む。

「神…野……」

手を伸ばせば、握り返される。

与えられるのは慰めだとわかっていて、それでもエセルは縋らずにいられなかった。

汗に濡れた肌と肌が密着する。

狭間に触れる熱の存在が、エセルの思考を蕩かせる。

期待とわずかばかりの恐怖。

おおいかぶさる逞しい肉体と、筋肉を伝う汗。

「……っ！　あ……ぁ……」

灼熱に、内側から埋め尽くされる感覚。男の愛撫に蕩けた器官は、しかし慣れないがゆえに抵抗を残し、エセルの肌を戦慄《わなな》かせる。

肌を這う掌の熱さと、瞼に落とされる唇とが、身体の強張りを解いていく。弛緩した肉体は許容量以上の欲望を健気に受けとめて、己の内に取り込もうとさえする。

「は…ぁ、熱…い……」

体内に取り込んだ神野自身は、火傷しそうなほどに熱かった。

「熱い……、神野……っ」

助けて…と、肌を震わせ、身悶《みもだ》えても、許されない。かわりに与えられたのは、唐突《とうとつ》に激しい突き上げだった。

「や…ぁ、ひ……っ！」

それまでエセルの快楽だけを優先させていた神野が、ふいに抱えた欲望の存在を露《あら》わにして、エセルは広い背にひしっと縋って翻弄されるよりない。

「あ…ぁっ、い…や、あぁ……っ！」

滑らかな背を撓《しな》らせ、白い喉を仰け反らせて、エセルは快楽に咽《むせ》ぶ。

振り乱れる蜂蜜色の髪が、汗を弾いて煌めく。

救いを求めるように開いた瞳。蜂蜜色の濡れそぼったそれを己の肉体を貪る男に向ければ、エセルの意図に反して、行為は激しさを増した。

「ひ…ぁ、――……っ！」

白い首筋に散る無数の鬱血《うっけつ》。

貪られて濡れ艶めく、赤い唇。

濡れた声を零すその向こうから、みだりがましく覗く真っ赤な舌。

本人のあずかり知らぬところで男を煽りたてる扇情的《せんじょうてき》な肉体は、その艶《なま》めかしさとはうらはらに青く、責め立てる牡の欲望の根源を満たす。

だが男は、行為の最中、言葉らしい言葉は何ひとつ発しなかった。

エセルも、欲望以外の何も、求めなかった。

ただ、数えきれないほどに口づけた。

汗の滴る広い背に、万感の想いで深い爪痕を刻みつけた。

「神野……っ」

思う存分その名を呼んで、もっと深くと求めて、返される口づけに、与えられるより深い快楽に、甘い声を上げた。

半ば失神するように、男の腕のなかで、その胸に抱かれて、エセルは深い眠りについた。

夢も見ない深い眠りを得たのは、来日以降はじめてだった。

8

両手の指を組んで、その上に顎《あご》を乗せ、銀縁眼鏡の向こうからこちらを見据える顔は、基本の造作《ぞうさく》は部下とよく似ているのに、かもしだす雰囲気はまるで正反対だ。

警察庁警備局に呼び出された來嶋《きじま》は、すでに長い付き合いながら、間に立場的な溝がはっきりと横たわる男の顔をまっすぐに見返す。

神野威《じんのたける》の兄、神野将《まさる》は、來嶋が知るなかで一番食えない人物だ。自分自身、計算高く腹黒い自覚のある來嶋が言うのだから相当だ。姿形をつかさどる遺伝子がこれほど似ているのに、中身がなぜこうも違うのか、部下の誠実さや生真面目さを間近に見れば見るほど、來嶋は不思議でならない。

「暗殺者？」

來嶋の前には、神野兄から差し出されたファイル。エセルを狙うマフィアが、暗殺者を差し向けたらしいというのだ。

「ＦＢＩから得た情報だ」

もっと上が情報管理に動いてもおかしくない情報をサラリと提供され、來嶋は眉根を寄せる。

「強奪《ごうだつ》した、の間違いでは？」

いったいどんな手段で得た情報なのかと揶揄しても、神野兄は口の端をわずかに上げてみせるだけ。

「本名も経歴も不明……これではなんの資料にもなりません」

この程度の情報で來嶋の班を自分都合に使おうとする。その態度を言外に責めれば、さらに傲慢《ごうまん》なセリフが返された。

「面が割れていれば充分だ」

たしかに資料には、暗殺者とされる男の顔写真。

とはいえ、警察のデータベースに蓄積《ちくせき》された犯歴者リストのように、前から左右から写されたわかりやすい画像ではない。

駅か空港か、どこかの公共施設の監視カメラに映された画像のなかから、できるだけ顔がわかりやすいものを選んでピックアップされたと思しき、なんとも不鮮明なものだ。とても「面が割れている」などと表現できるレベルのものではない。往来《おうらい》ですれ違っても、果たして気づけるものか、かなり疑問だ。

だが、その面立ちがやけに目立つものであることだけは、荒い画像のなかにも見て取れた。

濃い色合いの金髪に、瞳の色は明るいブルーだろうかグリーンだろうか。目元が影になっているからよくわからない。それでも、造作の美しさがやけに印象に残る美丈夫。

とても暗殺者などには見えないが、しかし独特の空気をまとっているのは、不鮮明な画像からも感じられる。こんな男がマフィアの一員だというのか。

「ミスター・ブルワーに死なれてはかなわんが、この男も生かして確保したい」

得られた情報をもとに、しかもそれをすべて開示《かいじ》するでもなく、策略を立てる。

FBIと、FBIが追うマフィアと、そして日本警察。

その裏にはびこる悪をかぎわける独特の嗅覚を、この男は持っている。何を考えているのかわからなくても、それだけはたしかだ。

「ご自分の弟まで、利用しようというのですか?」

「たとえ弟だろうと人気俳優だろうと、犯罪撲滅のために利用価値があるのなら、私のかまうところではないな」

平然と言い放つ、その傲慢。

結果的に正しい結論をもたらすのだとしても、男の選びとる過程には大いに問題を感じる。だが來嶋には、それを責めることはできない。自分がコマとして使われる立場であることを彼は自覚している。

「あなたは本当に、最低の男だ」

それでも好きに利用されるのは我慢ならなくて、極力感情を排した声で吐き捨てる。

眉ひとつ動かさず來嶋の言葉を聞いた神野兄だったが、音もなく席を立つと、ツカツカと大股に來嶋の前に立った。

「……っ」

おもむろに顎を掴まれ、威圧的に上から見下ろされる。

「誰よりそれを知っているのはおまえのはずだ」

何をいまさら、と平然と嗤《わら》う。

「おまえは求められる仕事をしていればいい」

このろくでもない男がいずれ警察庁のトップに立つことを、來嶋は確信している。

仕事に向かうために一歩ホテルの部屋を出てしまったら、それ以降はほぼ一日中第三者に囲まれることになる。話をするなら今しかない。

エセルは、一礼を残していったん部屋を辞そうとする男を呼びとめた。

「神…野」

上ずりかけた声を懸命に抑えて、なんとか言葉を紡ぐ。足を止めた男は、ゆっくりと振り返った。

だが、正面から顔を見てしまったら、考えていたはずのセリフが飛んでしまう。

そんなエセルの様子を誤解したらしい。神野は、エセルがすっかり失念していた問題を持ち出した。

「配置については、ご不満もあるでしょうが、上の命令ですので、どうかご理解ください」

エセルの希望で側付きを離れたのに、ひと言の断りもなく舞い戻っていることに関して文句があるのだろうけれど、警備上しかたのないことだから、人的被害の出たあとなのだからと、言外に諭す口調。

「いや……それは……」

そんなことではなくて…と言いかけて、自分で言いだしたことのくせにと、己のいい加減さと我が儘に嫌気が差す。

それでも言葉を継いだのは、これだけはやはり言っておかなくてはいけないだろうと思ったからだ。

「忘れてほしい」

できるだけ感情を抑えて短く言いきる。

昨夜のこと。

神野に抱かれた……いや、抱いてもらった事実。

最中に意識を飛ばしたエセルが目覚めたのは、明け方だった。身体を包み込んでいた温もりがふいに離れて肌寒さを感じて、意識が急浮上したのだ。

エセルの目を覚まさないようにそっと、神野はベッドを出て行った。

だがエセルは目覚めていて、でも瞼を上げることはできなかった。引きとめることなど、考えもしなかった。

身支度《みじたく》を整えたあと、神野はベッドの傍らに立ち、じっとエセルの寝顔を見下ろして、ひとつ小さく息をついて、それから部屋を出て行った。

後悔しているのだと思った。

呆れられているに違いないと感じた。

「僕も、忘れるから。そのほうが君も……」

エセルの発言を、神野はわずかに表情を厳しくして聞く。何を言われてもしかたないと思っていたエセルだったが、神野から返された言葉は、予想以上に心臓を痛ませた。

「自分はＳＰです。それ以上でもそれ以下でもありません」

ＳＰとして求められることをするだけで、そこに神野の個人的感情など差し挟む隙間はない。その言葉を、エセルはそういう意味に受け取った。

「そう……だね」

その通りだ。自分は何を思い上がっていたのか。

「ご迷惑を、おかけしました。あと少しだけ、よろしくお願いします」

日本滞在期間はあと数えるほど。その間だけ我慢してくれればいい。そうしたら、自分はアメリカに帰るから。

「車が到着しましたら、お迎えに上がります」

神野は唇を引き結んだいつもと変わらぬ表情で、それだけ告げて部屋を出て行った。

仕事に向かう車中、さすがのクレイトンも浮かぬ顔。

「エセル、大変だったね。スケジュールをなんとかしたかったんだが……」

今度ばかりは、帰国スケジュールを調整しつつホテルの部屋にこもっていたほうがいいだろうと考えたらしいクレイトンは、エセルのスケジュールを調整しようとしてくれたのだが、最後の最後にどうにも動かせない撮影の仕事が残ってしまった。しかも、一日では終わらない。

ただのインタビューや番宣《ばんせん》だけではない、ロケを伴った撮影は、次シーズンから日本でも放映がはじまるドラマのスポンサー企業の商品広告のためのものだ。

ポスター撮影のほか、スポットＣＭ用の映像撮影もある。作品の映像を再利用したＣＭではインパクトが薄いからと、独自映像の使用をスポンサーが条件に出してきたらしい。ＣＭ放映スケジュールを考えると、この撮影だけはキャンセルできない。そんなことをしたら、日本での番組放映そのものが飛んでしまうかもしれない。

「ありがとう。大丈夫だよ、ジム。何があっても、彼らが守ってくれるから」

「ああ、そうだね。みなさん、よろしくお願いします」

エセルの言葉を受けて、クレイトンはステアリングを握る浅海《あすみ》と、助手席の神野に言葉をかける。ふたりは、小さく頷き返した。

スタジオでの撮影と、あるビル内に再現されたセットでの撮影。

白衣を着て、縁なしの眼鏡《めがね》をかければ、人気ドラマの主人公がそこに現れる。

スタッフが日本人であることを除《のぞ》けば、撮影現場の雰囲気は、いつもとさほど変わらない。

だが、視界の端に映るダークスーツの存在が、ここが日本であることを、エセルに強く印象づける。

けれど、当初のような息苦しさは感じない。常に自分に向けられる視線からもたらされるのは、間違いなく安堵だ。

「では、本番いきま～す！」

「よろしくお願いします」

ライトがあたる。

カメラがまわりはじめる。

そういえば、演技している姿を——俳優としての顔を生で神野に見せるのは、はじめてかもしれないと思いいたる。

マルタイの仕事内容など、彼らは——神野は興味を示さないだろうけれど、それでも無様《ぶざま》な姿は見せたくない。

蜂蜜色の瞳を、カメラに向ける。

そこには、俳優エセルバート・ブルワー演じる、人気キャラクターの姿。見守るスタッフのなかにも作品のファンがいるらしい、そこかしこからため息が零れる。

撮影現場の緊張感は好きだ。

久しぶりの心地好いそれに、エセルの表情が生き生きと輝く。

満足げに頷くクレイトン。その傍らで、神野も目を細める。眩《まぶ》しげに。

数日にわたる撮影スケジュール。初日の滑り出しは上々だった。


父ダグラス・ブルワー上院議員が襲撃されたと、険呑極まりない連絡がエセルのもとに届いたのは、撮影二日目のこと。

「え？　ダッドが？」

「かすり傷ひとつなかったそうだけど……見るかい？」

ヘアメイクを終えて、楽屋でスタンバイ状態にあるエセルに、クレイトンが携帯電話を差し出す。文面が開かれた状態のメールの送信者は、父の秘書だ。

乗っていた車がハチの巣状態にされたと書かれている。当然耐弾ボディの特殊車両だから外装が凹んだだけで問題はないが、この場合、直接襲われたことに意味がある。

「周囲への脅しから、本人への直接攻撃に、方針を変えたのかもしれないね」

「FBIは何をしてるんだろう。そう簡単にいかないのはわかるけど……」

「数年前の一斉《いっせい》摘発で闇社会自体が力を削《そ》がれているとは聞くけれど、そんなかでもガローネ・ファミリーはまだまだ勢力を保っているらしいからね」

どの組織が父を狙っているか判明していても、じゃあ摘発、というわけにはいかないようだ。

メールを閉じた携帯電話をクレイトンに返して、エセルは肩を竦める。クレイトンも、しょうがないね、といった表情だ。

その、少々冷めているようにも受け取れるやりとりを、神野と浅海が、無表情を決め込みつつも、どこか怪訝《けげん》そうに見ていることに、エセルは気づいた。親子なら、もっと心配するものではないのかと、彼らは問いたいのだろう。

クレイトンについて、浅海が楽屋を出て行く。

神野とふたり残されて、エセルは苦笑とともに、言葉を紡ぐ。

「父は、仕事が何より大切な人なんだよ。俳優でも政治家でもね」

親子関係が悪いわけではない。エセルの存在は認められているし、スケジュールの都合がつけば、ごくたまに一緒に食事をとったりすることもある。だが父子の間に存在するのは、一般的な親子関係とは少々異なる繋がりだ。

「ブルワーを名乗ってるのは、俳優としての父を尊敬してるから。そのほうがメリットが大きいと思ったしね。まさか、政治家になるなんて言いだすとは思わなかったから」

父親としては微妙な感情があるのも事実だが、俳優としてダグラス・ブルワーに敬意を抱いているのは事実だ。

父の出演作品が公開されるたび、母はエセルを映画館に連れていってくれた。母亡きあと、叔母は嫌がったが、祖母はかわらず観ることを許してくれたし、父の来日時には会いにも行った。でなければ、日本を出ようと思ったときに、父を頼ろうとは考えもしなかっただろう。

当然のことながら、マフィアに狙われるなんて、そんなとんでもないデメリットが生じようとは、エセルバート・ブルワーの名で俳優活動をはじめたときには、思いもしなかった。

「僕にとっての家族は、グランマと叔母夫妻だけなんだ」

本当の家族は、日本にいるのだと告げる。だからエセルは、自分は日本人だと思っている。戸籍の問題だけでなく。

高校までをすごした日本での生活が、エセルの基盤だ。大切な想い出はすべて、日本にある。あくまでもアメリカは、仕事のために赴《おもむ》いた地であって、帰る場所ではない。落ち着ける場所ではないのだ。

「ごめん。無駄口だったね」

神野は言葉を返さない。任務中だからなのかもしれないが、そんな話に興味などないと言われているような気がして、エセルは瞳を伏せる。

だが神野は、エセルの話をちゃんと聞いていてくれたらしい。

「お祖母さまの容体がご心配なら、警護にあたっている者に連絡をとりますが？」

お見舞いにいかれますか？　と訊かれて、エセルは気遣われたことに驚きつつも、首を横に振る。

「う…ん、いや、やめておくよ。会いたいけど、また万が一のことがあると困るから」

また祖母が巻き込まれるような事態が起きたら、エセルは自分が許せない。

ハイカラな祖母は絵文字を多用した可愛いメールを連日送ってきてくれる。本人は何も言わないから、祖母の容体については、叔母からのメール頼みだ。

「ありがとう」

ニコリと微笑み返すと、神野のまとういつもは硬質な空気が、ほんの少しだけゆるんだ気がした。エセルの気のせいかもしれないけれど、それでもいい。そう思っておくことにする。

楽屋のドアがノックされて、クレイトンの声が撮影開始を告げる。

神野が、ドアを開けてくれる。

この日の撮影は深夜にまでおよんだけれど、エセルの気迫も緊張感もわずかのゆるみも見せず、スタッフ絶賛の仕上がりを生んだ。

郊外の撮影スタジオから、都心部に建つホテルへの道をたどる。深夜にもかかわらず、都内の幹線道路には、行き交う多くの車。

ステアリングを浅海に任せ、神野は後部シート——エセルの隣で、その気配に注意を払いつづけている。

体温が上がっているな、とは感じていた。

それを、布越しに感じる状況に陥って、神野はやっと傍らに視線を向ける。すぐ間近に、ふわりとやわらかそうな、蜂蜜色の髪があった。

コツンと、肩にかかる重み。

スースーと、規則正しい呼吸。

「寝てしまわれたか？」

ステアリングを握る浅海が、落とした声で尋ねてくる。

「ああ」

エセルは熟睡していた。気持ちよさそうに、神野の肩を枕にして。

フラフラと船を漕ぎはじめたのは気づいていたが、まさか自分の隣で居眠りをはじめるとは思わなかった。エセルはずっと、緊張を解けないでいたから。その理由にも、当然気づかないわけにはいかなかった。

ときおり震える長い睫毛も、髪と同じ蜂蜜色。瞳が閉じられているからか、いつもより少し幼い表情で、高校時代を思い起こさせる。

誰もが遠巻きにして、側近くにいられる限られた人間を羨まずにいられなかった、上篠《かみじょう》エセルは学生たちとって特別な存在だった。誰もが皆、この美貌に視線を奪われていた、あのころ。

「本当に、マフィアが方針を変えたと思うか？」

昼間の、エセルとクレイトンの会話を持ち出した浅海は、当然厳しい表情だ。神野も、そんな楽観視はしていない。

「犯罪者が何を考えているかなど知らん。――が、「そんな甘いやつらではないな」

いったん目をつけたら、逃すことなどありえない。手段を選ばず目的を実行するのがマフィアだ。

彼らは完全なる犯罪者集団であって、そこに仁義《じんぎ》などない。目ざわりな存在があれば、容赦なく排除しようとする。歴史を振り返れば、多くの司法関係者たちが、その犠牲《ぎせい》となっている。

「兄が……警備局が、この状況に口を挟んでこないのが気になる」

「どういう意味だ」

バックミラー越し、浅海に怪訝な眼差しを向けられて、神野は低く唸る。言葉にするのは難しいのだが、血の繋がりが何かを訴えるとでもいうのか、何かがひっかかるのだ。

「何を企んでいるのか……」

そもそも策略を巡らせるのが好きな食えない人物ではあるが、根が悪人でないのが逆に困りものだ。神野は兄をそう分析している。

「來嶋さん、呼び出されてたな」

「あの人の考えていることも俺にはわからんが」

SP

兄と來嶋が密接な関係にあることは、ずいぶん前から知っているが、來嶋ほどの人物が兄の手駒のように動いている真意も、なかなかに測り難い。もちろんそれは、他の同僚たちのあずかり知らぬことであって、神野だけが密かに気にかけている問題だ。

するとと今度は浅海が、別の問題を持ち出す。

「あの資料にあった暗殺者だという男、それだけの腕の持ち主なら、ブルワー上院議員のほうに刺し向けられていいと思わないか？」

それは、神野も気にかかっていた問題だった。最初に爆薬で仕掛けてきておいて、途中で手を変えるのも妙だ。

爆薬は、マフィアが好んで使う手だが、暗殺者となると少々毛色が違う。対立組織のボスを狙うのなら確実な方法をとるだろうが、エセルが狙われているのは見せしめのためなのだ。派手なやり方のほうがいいに決まっている。

なのに、上院議員にはサブマシンガンを装備した部隊がさし向けられて、エセルのほうに暗殺者というのも解せない。

「妙に目立つ風貌も気にかかったが……」

資料に添えられていたのは、顔などほとんど判別不能なレベルの不鮮明な画像だったが、それでも派手な容貌の持ち主であることは見てとれた。

「単なる脅しとか?」

凄腕を雇ったと噂が流れるだけでも、威嚇にはなる。

「どうだかな」

そこで会話が途切れたのは、ホテルの車寄せに入るために、浅海がハンドルを切ったため。

エセルは、振動に目を覚ますこともなく、神野の肩に小作りな頭をあずけて熟睡している。それを気遣ったのだろう、もともと丁寧な浅海の運転はさらに繊細に、車は静かに停車した。

寝かせておいてやりたい気持ちに駆られつつも、そっと肩を揺する。

神野としては、抱き上げて部屋に運んでやるのもやぶさかではないのだが、ホテルスタッフの目もあるし、どこにパパラッチが潜んでいるかもしれない。

「ミスター、ホテルにつきました」

「ん……」

むずかるような吐息。

蜂蜜色の睫毛が震える。白い瞼が上げられた。

「神…野……?」

掠れた、甘い声。

ぱちぱちと、音が聞こえそうな仕種で瞬く長い睫毛と、ゆっくりと焦点を結んでいく蜂蜜色の瞳。

それがハッと見開かれて、しなやかな肢体が慌てて跳びのき、白い頬がカッと朱を昇らせる。いい歳の男が頬を染めても普通は気色悪いだけだが、それが愛らしいと思えるだけの美貌の持ち主だから、なんとも性質《たち》が悪い。

「……え？　あ……」

「よくお休みになられていましたので、そのままにさせていただきました」

その言葉でやっと状況を理解したらしい。瞳を伏せたエセルは、くしゃりと前髪を掻き上げ、「ありがとう」と呟く。

先に車を降りて、反対側にまわり、ドアを開ける。

朱に染まった頬を隠すように俯いて、エセルは車を降りた。


ホテルに戻ってから確認すると、祖母からメールが二通届いていた。朝になってからそれにレスを書いて、エセルは慌ただしく外出の準備をはじめる。

メールでも、送らないよりはずっとマシだ。本当は声を聞きたいし、聞かせてあげたいけれど、そうするともっと会えない寂しさが募る。

いつもだってごくたまにしか会えない相手だし、そう頻繁に国際電話をしていたわけでもないのに、こんな状況だからだろうか、妙に人恋しかった。何度も、祖母からのメールを読み返してしまう。

そして、昨夜のことを思い出した。

神野の肩で寝てしまうなんて……。

筆舌しがたい緊張感を強いられていた当初が嘘のようだ。

だがあれは、安堵からもたらされた眠りではなく、エセルの精神的疲労が限界に近づいていることの表れだ。傍らにいたのが神野でなければ、一瞬でも気が抜けることなどなかっただろうが、それでも気を張っていることすら困難になってきた証拠。

肩を揺すられ、眠りから覚めたら、神野の顔が間近にあって、あの夜すぐ間近に見たのと同じ距離にあって、一瞬記憶が混乱した。

甘えた声で男の名を呼んでしまったあとで、車中であることに気づいて、反射的に飛び退《すさ》っていた。

思いだすと、頬が熱くなる。

いい歳をして、この程度のことが恥ずかしいなんてどうかしていると思うのに、心臓まで煩くなって、エセルは白い手で自分の頬をパチパチと叩いた。

あと少し。

もう少しだけ、緊張感を持続しなければ。仕事はまだ残っているのだ。

そのためだと言い聞かせて、重い胃に朝食を押し込む。

神野が、顔を見たことのないふたり——SPや刑事ではなさそうだが——を伴って入室してきたのは、エセルが朝食を終えたタイミングでのことだった。

「失礼します」

スーツの上に薄手のジャンパーを着た、どこかの営業マンのようなふたり連れだ。片方はダンボール箱を抱え、片方は工具箱を提げている。

「少々騒しくさせていただきますが、すぐにすみますので」

そんな説明ともつかない前置きのあと、ふたりはダンボール箱から取り出したものを、リビングのローテーブルに設置しはじめる。盗聴器や逆探知機でも仕掛けるのかと思いきや、出現したそれはテレビCMやパンフレットなどで見かけたことのある、家電製品だった。

電話だ。だが、普通の電話ではなく、ディスプレイが備わっている。いわゆるテレビ電話。

「これ……」

浅海と來嶋も、様子を見にやってくる。

設置がほぼ完了したタイミングで、神野の携帯電話が着信を知らせた。

「俺だ。――そうか」

促されたひとりが、設置したテレビ電話を操作する。すると、ややして真っ暗だったディスプレイに画像が映った。

神野が、エセルの肩を押して、ソファへと促す。自分は傍らに片膝をついて、作業を見守りつつ、口を開いた。

「これなら、顔を見て話せますから」

「……え?」

「メールや、声だけよりいいでしょう」

エセルは、ぱちぱちと蜂蜜色の睫毛を瞬く。

すると、その普通の電話とはちょっとばかり形の違う機械から、聞き馴染《なじ》んだ声が聞こえはじめた。

『……これでいいの？　あら、何か映ったわ！』

スピーカーから届いたそれを聞いて、エセルは目を丸める。

「グランマ？」

呟いて、それから神野の顔を見やった。

「叔母さんのお宅にも、同じものを設置させていただきました」

顔を見て話ができるように、エセルの滞在ホテルの部屋と、叔母宅とに、テレビ電話を設置してくれたというのだ。

『エセル？　聞こえてるのかしら？』

戸惑う祖母の声に対して、向こうで機材を設置しているスタッフだろう男性の声が『もう繋がってますよ』と説明を返している。

『エセル？』

「グランマ！　聞こえてるよ！　顔も見える！」

『エセル！　おはよう！　もう朝ごはんはすんだの？』

カメラを覗き込んでいるのだろう、祖母の顔がディスプレイに大映しになる。こちらの顔も、向こうに見えているはずだ。

「すごい！」

思わず声を上げていた。

テレビ電話自体はもうずいぶん前に世に出たもので、珍しくもないけれど、かといって一般家庭に設置されているのを見かけるかといわれたら、そうないはずだ。

エセルも存在は知っていても直接触れるのははじめてで、技術的に難しいものではないとわかっていても、やはり「すごい」と感動してしまうのが人情というもの。

「ありがとう！」

思わず傍らの男に飛びついて、首に腕を巻きつけて、その頬に——かなり唇に近い位置に——音高くキスをしていた。

「すごく嬉しい！」

そして、あいさつのときよくそうするように、両頬をそれぞれ触れ合わせる。

だが、男の肩がピクリと戦慄《わなな》くのを感じて、自分が何をやらかしたのかに気づき、エセルはハタと我に返った。

「……あ……」

神野が目を丸めているだけではない。

浅海も來嶋も、思わずといった様子で固まっている。テレビ電話を設置していた作業員ふたりは、微笑ましそうに笑っているけれど。

ここはアメリカではない。日本だ。

大きなリアクションこそないものの、それでもらしくない驚きをたたえた黒い瞳と見つめ合うことしばし、エセルはカッと頬に朱を昇らせて、慌てて身体を離した。

「ご、ごめんっ！」

焦るあまり、神野の腕が反射的にエセルの身体を支えていたことに——抱き返していたことに、気づけなかった。飛びのいた体温を残す手を、神野が思わず見下ろしていたことにも。

神野の顔を極力見ないようにして、テレビ電話に視線を移す。

『エセル？　聞こえてる？　神野くんにお礼を言ってね』

「う、うん。——メール読んだよ。怪我の具合はどう？」

『もう全然平気よ。ほら』

「無理しないで。ちゃんと叔母さんの言うこと聞かないとダメだよ」

祖母の顔の後ろに、覗き込む叔母と叔父の顔も見えている。ふたりとも興味津々といった表情だ。

気兼ねすることなく、ゆっくり話ができるようにという気遣いからだろう、気づけば設置していた作業員はもちろん、浅海も來嶋も姿を消していた。

神野は、ローテーブルの端に湯気を立てるコーヒーカップをそっと置いて、やはり部屋を出て行く。

それから迎えの車がつくまでの時間、エセルは祖母と叔母夫婦と、ゆっくり話をした。それは、あの家でお茶の時間をすごすのと変わらない、温かな時間だった。

——ありがとう……。

祖母の嬉しそうな顔を見ながら、今一度胸中で礼の言葉を紡ぐ。

『新しいドラマは日本でも放送されるの？』

「うん、決まったよ。スケジュールがハッキリしたらメールするね。特番の撮影もしたんだよ」

『まあ、楽しみだわ！』

祖母の明るい声が、疲れも眠気も吹き飛ばしてくれる。

日本滞在も残りわずか。

あと少しがんばろうと思う気持ちと同時に湧く、一抹の寂しさ。

それに蓋をして、エセルは微笑む。祖母にこれ以上の心配をかけたくはない。

ＳＰの詰め所と化したコネクティングルーム。ドア一枚隔てて、エセルの楽しげな声が届く。

「素顔はずいぶんと可愛らしい人なんだな」

そんな感想を漏らしたのは浅海だった。その横で來嶋も、口許に揶揄のこもった笑みを浮かべて、神野に視線を向けた。

「面白い顔をしているぞ。鑑賞のし甲斐がある」

「……」

黙するしかない神野を、今度は浅海が茶化す。

「昨夜から、役得ばかりだな」

警護課が誇る美貌の双璧に微笑まれては、神野とて蛇に睨まれた蛙だ。

だが、空気が和んだのも一瞬、切り替えの早い來嶋はすぐに表情を厳しくして、部下を諭しはじめる。

「警護に私情を持ち込むのは、これで最後にしてもらうぞ」

恐怖に駆られるあまり警護に支障がでているような状態なら、マルタイの精神状態を安定させるためにあれこれ考えるのもＳＰの仕事のうちといえるが、今回神野がしたことはそれを逸脱する行為だ。しかも上司には事後承諾《じごしょうだく》だった。

「申し訳ありません」

詫びればいいというものではないと言われながらも、他に返しようもない。責められるとわかっていてやっているのだからなおのこと。

「時間は残り少ない。狙ってくるのなら、今度こそ本気だろう。危険度は、これまでの比ではなくなる」

これまで無事だったからといって、気を抜くなと忠告される。

それを受けて神野は、しばらく前から抱えていた疑問の一端を、來嶋に向けた。

「兄は……警備局はなんと？」

「それはお前の知る必要のないことだ」

けんもほろろに却下を食らう。それは予測のうちで、神野は質問を切りかえる。だがこちらも、たいした違いはなかった。

「例の車の持ち主の捜査は進んでいるのでしょうか？」

「報告はまだだ」

警備部に捜査力はない。警備警察と刑事警察との間には、組織的に歴然とした違いがある。マルタイを襲った犯人の身柄は、刑事部や犯行の背景によっては公安《こうあん》部などに移されその後の取り調べも各部に任されるのが常だが、今回はとくに情報がシャットダウンされているように感じる。

ますます妙に感じたが、この上司相手に追及しても無駄だ。

自分は一SPであって、指揮官でもなければ警備警察の行方を担う行政官《キャリア》でもない。報告を待つよりない身だ。求められるのは、マルタイを完璧に守ること。

エセルを、マフィアの餌食《えじき》になどさせられない。

今はっきりしているのは、それだけだ。

「ホテルにこもっていてくれればこちらも楽だが、どうやら言っても無駄らしいからな。しかたない」

「危険度によっては、外出をやめさせます」

「できるのなら、そうしてくれ」

言い聞かせられるのなら、やってみろと流される。適当な返答にも聞こえるが、いざとなったら力尽くでもかまわないという、來嶋なりのOKサインだ。

エセルのプロ意識と危険度とを天秤《てんびん》にかけて、そう簡単に説得できるものではないことを、來嶋はもちろん他のSPたちもすでに理解している。だが、命にはかえられない。

無線に、迎えの車の進行状況の報告が入る。

「あと五分、といったところか」

呟いて、來嶋は部屋を出て行く。

エセルはまだ、祖母と話をしているようだ。楽しげな笑い声が、ドアの開閉の合間に届いた。

それにしばし耳を欹《そばだ》てていた浅海が、厳しい口調で言う。

「たとえ今をやりすごしても、彼を取り囲む状況は変わらないぞ。マフィアは消えないんだからな」

エセルがアメリカに戻ったら、自分たちのかわりにシークレットサービスがつくだけのこと。ブルワー上院議員が、マフィアの脅しに屈して政治活動をやめるとは思えないし、マフィア組織を崩壊させるのは、さらに容易《ようい》なことではない。

守るだけでは、危険は振り払えない。

「おまえはそれでいいのか？」

浅海らしくない、踏み込んだ問いだった。

だが今の神野には、なんと返すこともできない。

「俺たちはＳＰだ」

ＳＰとして求められることをする。この身を楯にしても、最後の砦としてふりかかる危険からマルタイを守る。それ以外に手立てもなければ、自分の存在意義もない。

「わかってるんならいいけど。——今のおまえは危険だ」

SPとして求められる範疇を失念しているように見えると言われて、神野は口許に苦笑を刻む。

「そうか」

浅海の目にそう見えるのなら、事実そうなのだろう。それくらい神野はこの相棒を信用している。

「おまえは、何を賭《と》しても守りたいと思ったことがあるか？」

それは、思わず零れ落ちた問いだった。

「……？　俺たちはSPだ。マルタイを守るためなら、この命も投げ出す。だが、己を守れない者に、他人《ひと》の命を守ることなどできない。警護と人命救助の基本中の基本だ」

「そうだな」

愚問だったと詫びる。

己の安全を確保できなければ、他人の安全など測れない。

それでも、己の命と引き換えても、守りたいと思う存在があることを、神野はSPになってはじめて知った。

それがどれほど危険なことか、もちろん知らない神野ではない。

不用意な接触のせいか、前以上に神野を意識してしまっていけない。

傍らに立つときの気配とか、ドアを開けてくれる仕種とか、仲間と交わすアイコンタクトとか、なんでもないことが目について、気にかかってしかたない。

何をやっているのだろうと、自分で自分に呆れてしまう。いい歳をして。恋に恋する少女でもあるまいに。

仕事に支障がでているなら己を律することもできるが、憂《うれ》いを帯びた表情がいいなどと、カメラマンやディレクターに手放しで喜ばれてしまっては、もはや出るのはため息ばかりだ。

衣装を変えて、メイクを変えて、出番待ちの楽屋。

ふわりとコーヒーの香りが漂って、神野の気配を期待したエセルが顔を上げると、そこにいたのは浅海だった。

硬質な美貌になんとなく見入っていると、その視線に気づいた浅海が顔を上げる。そして、「神野は休憩をとらせていただいておりますので」と告げた。

「……え?」

「すぐに戻りますので、それまでご容赦を」

「いえ……別に……」

浅海に不満があったわけではない。そんなつもりで見ていたわけではないのだが、自分の目が神野を追っていることを、本人でも恥ずかしいというのに、周囲にまで気づかれているのだと察して頬が熱くなる。

しかし、それ以上に気になったのは、浅海の口調だった。いつもほとんどしゃべらない相手から告げられたからなのか、妙な棘のようなものを感じてしまったのだ。

相棒として神野を案じる浅海の心情など、エセルには慮《おもんぱか》りようもないものだ。だから、自分のことが気に入らないのだろうなと思ったら、さらに妙な誤解をしてしまった。思うだけならいいが、最悪なことにもそれを口にしてしまう。

「仲間同士、深い繋りがあるんですね」

浅海の言葉に棘を感じたからといって、それはエセルが勝手にそう思っただけのことなのに、尖った感情を向けられても浅海にはいい迷惑だ。

そう気づけるだけの余裕がないわけではないのに、つい言ってしまったのは、それだけエセルの精神が疲れた状態にあって、それまでため込んだものを己のなかで消化しきれなくなっていたからかもしれない。

表情を変えるでもなくエセルの言葉を聞いた浅海は、エセルの粟立《あわだ》つ感情を敏感に感じ取りながらも、淡々とした口調で言葉を返してくる。

「あなたをお守りすることが我々の任務です。あなたを守るために何をすべきかを考えるのが、我々の仕事です。そのためには、仲間の精神面にも気を配ります。——それだけのことです」

すべては任務であって、そこに浮きたった感情など差し挟む隙間はないと、プロ意識のうかがえる発言を聞いて、エセルはますます身の置き場のない気持ちに駆られた。

「すみません。失礼なことを言いました」

素直に詫びて、「いただきます」と出されたコーヒーに手を伸ばす。

そんなエセルに、浅海はそれまでより少しだけ砕けているように聞こえる口調で、言葉を継ぐ。

「神野は、あなたのためなら、喜んでその身を楯とするでしょう」

「……え？」

顔を上げると、そこには静かな眼差し。静寂の似合う黒い眼差しは、穏やかさの奥に激しさをひた隠しているようにも見える。

「我々は壁です。だからといって、むやみに命を投げ出すようなことはしません。自分の身ひとつ守れない者に、他人を守ることなど不可能だからです。ですが、この身を擲《なげう》たねばならないときもあります」

なんと言葉を返していいのか。あるいは、浅海はエセルから返される言葉など期待していないのかもしれない。そう思わせる何かがあった。

「守られてください。それがあなたの義務です」

「……僕の、義務？」

守られるからには、命を楯にするからには、生き抜く義務と責任がある。

そう言われているのだと理解した。

浅海は神野のために、仲間のために、ＳＰとして本来なら絶対に口にしないだろうことを――マルタイへの忠言を告げたのだ。

なんだろう。このもやもやした感覚は。胸の奥から、嫌なものが込み上げてくる。

今さっき、自分の狭量《きょうりょう》さを恥じたばかりだというのに。

「我々」と「あなた」という言葉の間に存在する溝。線を引かれたように感じるのは、自分の身勝手だ。

わかっているのに。

当然のことなのに。

――嫌だ……。

こんな醜い自分は嫌だ。

ドロドロとした感情の根源がわかっているだけに、たまらなく嫌な気持ちになる。

これは嫉妬だ。

自分には、そんな感情を抱く資格などないというのに。

「失礼します」

ノックにつづいて、今は聞きたくない声が届く。交代の時間らしい、休憩を終えた神野が姿を現した。かわりに、浅海が部屋を出て行く。

男の姿をぼーっと見ていたら、視線がかち合った。神野の眉間に縦皺が寄る。

「どうかなさいましたか?」

「……え?」

何を問われたのかわからなくて瞳を瞬くと、顔色が悪いと返される。

「なにも……」

顔色が悪いとすれば、自己嫌悪に陥っているからだ。けれど、理由など言えるはずもなく、表情を隠すように視線を外す。

「体調がお悪いのなら、ミスター・クレイトンに……」

「なんでもない！」

神野の気遣いが心苦しくて、つい声を荒げてしまった。言った直後に深い後悔に駆られて、咄嗟に口を手で覆ってしまう。

「……ごめんっ」

神野の顔を見られない。

「八つ当たりだから……ごめん」

気にしないでほしいと詫びて、ぬるくなったコーヒーを飲みほす。

神野が傍らに歩み寄る気配を感じて、ピクリと肩を強張らせた。

「そんなに不安ならホテルにこもっていてください、と申し上げたいところですが——」

「……っ」

反射的に顔を上げていた。今は見たくないと思っていた精悍な顔を、まともに見上げてしまう。そんなエセルの、不安定な感情に揺れる蜂蜜色の瞳を見下ろして、神野は静かに言葉を継いだ。

「——何があっても絶対に自分がお守りしますから、撮影に集中してください」

大丈夫です、と言い含める声は、常よりやわらかい口調で、エセルは長い睫毛を瞬く。

「神野……」

ありがたい気遣いなのに、嬉しい言葉なのに……。

——その口調が不満だなんて……。

言えるわけがない。そんなこと。

自分はＳＰであって、それ以上でもそれ以下でもないと、神野ははっきりと言ったのだから。

「ありがとう」

エセルに返せるのは、そんなありきたりの言葉だけだった。

もうすっかり頭に入っている台本を、今一度めくる。

ここまできたら、最後までやり遂げずに日本を去ることなどできない。もちろん、マフィアに殺されてやる気など毛頭ない。

ニューヨークの、ブルワー上院議員の事務所が爆破され、スタッフが重傷を負ったと連絡が入ったのは、翌日の午前中のこと。

その連絡がエセルの耳に入る前に、ホテルやロケ現場周辺の警備にあたっていた警察車両が次々と狙撃された報告が、來嶋のもとに入る。

「通りのコンビニの防犯カメラに、それらしき映像が記録されていました」

届けられた映像には、警察庁から提供された、マフィアの暗殺者の資料に添付されていた画像といくつかの特徴が重なる、金髪で黒尽《ず》くめの男の姿が映されている。

顔の半分を隠すサングラスをしているから、金髪の外国籍の男らしいこと以外判然としないが、左ハンドルのスポーツカーから降り立つ様子が、解像度の荒い画像のなかにもハッキリと確認できる。

「動きが早いな」

呟くと同時に、來嶋は無線に手を伸ばす。

マルタイはもちろん、部下のひとりとして、犠牲にはできない。

9

最終日に残された撮影は、屋外でのロケ。

都心に残された緑地。広大な公園の一角に、撮影スタッフが機材を設置していく。

爆破事件後のスケジュール調整と行政の許可の遅れとが重なって、よりにもよってとため息をつきたくなるスケジュールになってしまった。

ピーカンではないが天気は悪くない。気温も適温。撮影は朝から快調に進みはじめた。

その邪魔にならない距離で、位置で、神野《じんの》と浅海《あすみ》を筆頭に、ＳＰたちが撮影場所を取り囲むように警護にあたっている。

陽射しが角度を変えていく。

太陽が南中《なんちゅう》にさしかかる、少し前。

常にエセルを視線の先に捉える神野の横で、浅海がふいに二の腕をさすった。

「……？　どうした？」

視線はエセルに向けたまま、神野が問う。浅海から返されたのは、怪訝な言葉だった。

「寒い」

「寒い？」

「鳥肌がたってる」

嫌な予感がする…と、呟く。

周囲に、殺気や気配は感じない。だが、浅海の鋭敏な神経が何かを捉えたらしい。

繊細な感覚の持ち主は、ときおり驚くようなカンを働かせる。鍛錬で備わるものではない、第六感というやつだ。

神野は、警戒を漲らせる。

その直後だった。

無線に一斉連絡が入ったのは。

『撤収しろ！』

來嶋《きじま》からの、有無を言わせぬ命令だった。

なにごとかと、エセルから視線を外すことなく、神野と浅海はアイコンタクトを交わす。

『すぐにミスター・ブルワーを保護しろ！』

ニューヨークでの爆破事件と、仲間の車両への狙撃の件。一連の報告が鼓膜に届いたときには、ふたりはすでに地面を蹴っていた。


カメラはまわっている。

その間、エセルは別の人間を演じていて、カットの声がかかるまで、魔法にかかったかのような、暗示にかかったかのような、独特の感覚が解けることはない。

だが、ふいに我に返った。

演技の途中で、エセルの自己が頭をもたげるのは、はじめての経験だ。

——……え?

自分でも、何が起きたのかわからなかった。

首筋に、ザッと鳥肌が立つ。

五感に促されるまま視線を巡らせれば、神野と浅海が駆けてくるのが見えた。

引きの映像を撮っている最中だったから、スタッフからもカメラからも、距離がある。

エセルひとりがポツンと、芝生の敷きつめられた広場の端に立っている状態だ。

なにごとかと唖然とするスタッフたちにも、木陰に身を潜めていたＳＰたちが駆け寄っていくのが見える。

「エセル――っ！」

呼ぶ声は、たしかに鼓膜に届いた。

風が吹く。ふいに強く。

何かが髪を掠めて、少し先の地面が跳ねた。土が、何か姿のないものによって抉《えぐ》られたのだ。

カマイタチのようにも見えるそれが、風によって流された銃弾によるものだなどと、エセルにわかるはずがない。

何が起きたのか。

自分の身に、何が起きようとしているのか。

わかるのは、全身に突き刺さる殺気のみ。それから、自分だけをその目に映して駆けてくる男の存在。

次に気づいたときには、神野の姿がもう目の前にあった。

体当たりするようにその広い胸に抱き込まれて、そのまま地面に引き倒される。直後、エセルの後ろにあった木製ベンチの一部が抉れた。

「……っ！」

「くそ……っ」

はっと目を開ければ、目の前に拳銃。エセルを庇う神野が手にしているものだ。その向こうには、同じく銃を構える浅海の姿。

「どこから撃ってる!?」

「ダメだ、サプレッサーをつけてる。方角がハッキリしない」

高層ビルに囲まれた都心の公園。狙える場所はいくらでもある。

一般的に消音器《サイレンサー》と呼ばれる減音器《サプレッサー》は、映画やドラマでの演出とは違い、実際には銃やライフルの発射音を完全に消すことはできない。何割か減音される程度だ。そのかわり、発射音から発射角度を測ることができなくなる。つまり、狙撃位置が判然《はんぜん》としなくなる。どこから狙われているかわからない、ということだ。

「走るぞ！」

身体を引き上げられ、強い力で引きずられる。エセルには、応えを返すことすらできない。

「車は!?　一番近い出口へまわせ！」

無線で仲間と連絡をとる浅海の声。

つづく発射音は、エセルの鼓膜にも届いた。しっかりと支えられていた身体が、地面に投げ出される。

　低い呻き。

「神野……!?」

　浅海の叫び声。

　――……え？

「掠っただけだ！」

　再び、力強い腕に抱き起こされる。

「神…野？」

　神野の二の腕から、出血しているのが見えた。

「神野!?」

　血の気が下がるのがわかった。取り縋ると、身体を引き剥がされる。抱きついていては走れないと言われても、真っ白になった思考は、男の指示を聞きとれない。

「上篠《かみじょう》！　しっかりしろ！」

　頬を張られて、険しい男の顔が、やっと目に入ってきた。

　ぎゅっと、広い胸に抱き締められる。

「俺の声だけを聞け！　絶対に――、……!?」

なんと言おうとしたのか。皆まで言いきる前に言葉は途切れ、神野の身体に包まれるように、庇われる。

衝撃と、低い呻き。

「神野!?　神野……っ!」

弾があたったのだと、エセルにもわかった。起き上がろうとして、引き戻される。

「嫌だ!　神野!　……っ!」

撃ち抜かれたベンチの背板が飛んで、エセルの腕を掠める。鋭い凶器と化した木片が、エセルの白い肌に深い傷をつけた。血が滴る。

「上篠!?　――野郎、ふざけやがって」

神野が毒づいたときだった。複数の足音。機動隊員が駆けつけて、ふたりの周囲を楯で取り囲む。

「浅海!」

エセルを抱き起こした神野は、その身体を浅海に託す。

「神野!?　何をする気だ!?」

機動隊員のかまえていたライフルを、神野は強引に奪い取った。

「神野……!」

遠くから、來嶋の叫び声。バカ者！　とも聞こえるそれを無視して、神野はライフルをかまえる。

「神野!?　神野……っ！」

エセルは、男の名を懸命に呼んだ。駆け寄ろうにも、見た目からは想像もつかない力で浅海に抱えられて、身動きが取れない。

発射音が轟《とどろ》いた。

神野の頬を、銃弾が掠める。

判然としないはずの発射角度を、いったいどうやって割り出したというのか。神野は、あるビルの屋上に、ライフルの照準を合わせた。

「神野――――!!」

エセルの叫びを、発射音が掻き消した。

視線の先で飛び散る、鮮血。

神野の身体が、大きな力に弾かれたように背中から芝生に倒れる。

一瞬の静寂。

「右のガラス張りのビルの屋上だ！　人員を向かわせろ！」

指示を出す來嶋の叫び声は、耳鳴りの向こうに聞こえた。

SP

「神…野……？」

ライフルを手に倒れた神野は、動かない。

その身体の下に広がる、赤い色。

ライフルの襲撃はやんだ。

狙撃犯の弾が神野を撃ち抜いたのだ。同時に、神野の撃った弾も、狙撃犯を捉えたと思われる。

あたりには、ＳＰや機動隊員の怒号と、パトカーのものか救急車のものか、サイレンのみが充満している。それに掻き消されながらも、エセルは懸命に神野を呼んだ。

「神野？　神野……っ！」

だが男は動かない。

倒れ込んだ神野の傍らに、來嶋が片膝をつく。

その白い手が、何かをたしかめるように首筋にあてられる。

「い…や、いや…だ……っ」

浅海の腕を振り払って、エセルは転がるように駆け寄った。血の海のなかに、神野が倒れている。

「動かさないで！　——脈はある」

取り縋ろうとしたエセルを、來嶋の一喝がとめた。

ライフルが拾い上げられる。

慎重に施《ほどこ》される止血。

地面に投げ出された腕を、エセルはそっと取り上げる。やけに冷たく感じる掌を、頬に押しあてた。

「上…篠？」

掠れた声が聞こえた。

「神野!?」

「無事か？」と問われる。エセルは必死に首を縦に振った。

頬に押しあてられた手が、あふれる涙を拭うように動く。黒い瞳がゆくりと開かれて、その中心にエセルを捉える。

「救急車はまだか！」

いつもは冷静な來嶋の叫び声。

エセルの肩に添えられる浅海の腕。その片手には、いまだに銃が握られている。

「狙撃犯確保！」

どこからか、そんな声が届く。

それを聞いて、浅海はホルスターに銃をおさめる。

救急隊が到着したとき、神野の意識はすでになかった。


機動隊員が駆けつけたとき、狙撃犯は腕を撃たれて、ビルの屋上にうずくまっていたらしい。

金髪緑眼の、目立つ風貌の男。

マフィアが放った暗殺者。呼称ルーク。

その後の調べで、本名をルーファス・マクレランという、イタリア系アメリカ人だと判明した。

どういうわけか、この男が逮捕された直後から、ブルワー上院議員への襲撃も、ピタリとやんだ。マフィア組織内で何か動きがあったのかもしれないというのは、ＦＢＩと情報のやりとりをしている警察庁警備局からもたらされた情報だ。

その警備局の一室で、來嶋は平然と書類にペンを走らせる男と向かい合う。

「ガローネ・ファミリーの内紛問題について、事前にご存じだったのですか？　ＦＢＩの動きについても、情報をお持ちだったのでしょう?」

神野将《まさる》は、來嶋の叱責にも近い問いかけに、眉ひとつ動かさない。

「弟が深手を負ったというのに、あなたは顔色ひとつ変えない」

すべての情報が開示されていれば、あの状況でエセルが襲われることもなかったろうし、神野が狙撃される事態も避けられたはず。

「あいつが勝手に狙撃犯とタイマンを張ったと聞いたが？　SPが機動隊のライフル銃を許可もなく使用したなどと……もみ消してやっただけでも感謝してもらいたいものだ」

呼び出しに応じた來嶋に弟の容体を尋ねもしない男は、さらに横柄に言い放った。

「この男を生きたまま逮捕できた。それで全部チャラにしてやると言っているんだ。文句はあるまい?」

組織の中核にいた人間からマフィアの全容を知ることができれば、闇社会の牙城《がじょう》を崩すことが可能だ。

「はじめからそれが目的だったくせに」

ルーファス・マクレランの入国が知らされたときから、神野兄はこの男に照準を定めていた。ＦＢＩとの協力態勢を整えるためなのか、それとも力関係を変えるためなのか、何を企んでいるのかまでは、來嶋の知るところではない。

「いつになく反抗的だな。――秀一《しゅういち》？　おまえがそんなに威《たける》を可愛がっていたとは、知らなかったよ」

「……っ」

ゆらりと立ち上がった男の眼光に射竦《いすく》められて、來嶋はぐっと口を引き結ぶ。

「部下を守るのが、指揮官である自分の役目です」

たとえ大義のためとはいえ、部下を犠牲になどできない。人ひとりの命以上に尊いものはない。それは、一SPであった当時からの、來嶋の信条だ。

「愛しい者を傷つけられて、頭に血が昇った。それを愚かしいと、笑うのは簡単なことです」

弟が何を考えたのかくらい、わからない男ではない。

毅然《きぜん》と言い放った來嶋の指摘に、神野兄は口許に浮かべていた余裕の笑みを消し去り、唇を引き結んだ。


エセルが日本にきて以来はじめて、父から直接連絡があった。

父に脅しをかけていたマフィア組織に内部抗争が起きて、組織力が大きく変動したらしい。結果として組織は、目障りな上院議員にかまっているどころではなくなった。

エセルに差し向けられた暗殺者は警察に確保され、神野に撃ち抜かれた腕の治療後、取り調べが行われるという。改悛《かいしゅん》を匂わせているために、マフィアの報復を懸念して、絶対の警護態勢が敷かれるのだと來嶋が教えてくれた。

体力を削がれた組織であっても、いや、だからこそ、仲間の裏切りが見過ごされることはないだろう。マフィアは『沈黙の掟《オメルタ》』と呼ばれる戒律《かいりつ》に縛られている。

『シークレットサービスを派遣する。こちらに戻って、しばらくは身を隠していなさい』

その機を逃さず、ＦＢＩが摘発をかける準備をしているのだという。だから、邪魔にならないように、身を潜めていろと父は言うのだ。

「わかりました」

己の認識の甘さを思い知ったあとでは、返す言葉はひとつしかなかった。

「すぐに、帰ります」

撮影は、あの時点までに撮り終えたもので、なんとか編集可能らしい。スタッフに怪我人はないと聞かされて、エセルはホッと安堵の息を零した。

だが……。

——神野……。

受話器を置いて、エセルは背後に控える浅海に言葉をかける。

「最後のお願いを、聞いていただけますか？」

浅海は、穏やかな笑みを浮かべて、頷いてくれた。

10

警察病院の特別室には、面会謝絶の札。

だが浅海《あすみ》が特別な許可を取ってくれて、エセルはそっと病室に足を踏み入れる。携えてきた花束は、ソファセットのローテーブルに置いた。

薬が効いているのか、神野《じんの》は眠っているようだ。

白いベッドに横たわる体躯は、いつもの大きさを感じさせない。

ゆっくりと落とされる点滴と、白い包帯の巻かれた腕。病衣の胸元から覗く胸にも、包帯が見て取れる。

狙撃犯に肩を撃ち抜かれた神野は、一命を取りとめたものの、長期の入院を余儀なくされた。

ボディアーマーの隙間を突いた狙撃は超一級の腕で、狙撃犯とスコープ越しに対峙《たいじ》した神野の行為がいかに危険なものだったのか、専門的な説明を聞くまでもなく、エセルにも理解可能だった。

後遺症を心配したエセルだったが、撃たれた場所が幸いして、ちゃんとリハビリをすればＳＰに復帰可能らしい。ここにくる途中、浅海の口からそう聞かされて、ホッと胸を撫で下ろした。

ベッドの傍らに置かれた椅子に、音をさせないように極力気をつけて腰を落とし、点滴の管の繋がれていないほうの手に、自分のそれを重ねる。

あのとき――血の海に倒れた神野の手を取ったとき冷たかったそこはいま、人肌の温もりを伝えて、エセルは安堵の息をつく。

「ありがとう」

守ってくれて。

自分のために、憤ってくれて。

エセルは、自分の腕にも巻かれた包帯に、視線を落とす。

この傷が、あのとき滴った血が、神野を暴挙に走らせたのだと、來嶋《きじま》は言った。

本当にそうだったのか、別の何かが神野のなかにあったのか、本人の口から聞いたわけではないからわからないけれど、でもその身を呈《てい》してエセルを守ってくれたことに違いはない。

守ってやると、神野は言った。

――『俺の声だけを聞け！　絶対に――』

絶対に守ってやるからと、言おうとしていたのだと、今ならわかる。

半ばパニックに陥ったエセルの耳に、その声は力強く響いた。

「ありがとう。それから……ごめん」

何に対して詫びたいのか、自分でもよくわからなかったけれど、詫びなければならないことがたくさんあるような気がした。

大きな手に頬ずりをして、それからその手をそっともとに戻す。

腰を上げて、上から端整な顔をうかがった。

銃弾が掠めた頬の傷は、ふさがっている。痕が残らないといいけれど…と、考えたときには、そこに唇を落としていた。

軽く触れて、離れる。

そうしたら、名残惜しくなって、エセルは今一度「ごめん」と詫びた。

「寝てくれて、よかった」

真っ正面から向き合ったら、素直に「ありがとう」なんて言えなかったかもしれない。

それに……。

「さよならのキスだけ……いいよね」

寝ている男に問いかけてしまったのは、そうしないとなんだかフェアではない気がしたから。

白い指で、額にかかる髪を梳いて、それから精悍な頬を撫でる。

薄く開かれた唇に、そっと自身のそれを重ねた。

温かい。

それだけで、今は充分に思える。

この体温が奪われなくてよかったと、そう考えるだけで胸がいっぱいになる。

額にもうひとつ、キスを落として、上体を起こす。

上掛けを整えて、ベッドを離れようとしたときだった。

「……っ！」

がっしりと、強い力で手首を掴まれて、エセルは蜂蜜色の目を見開く。

「神…野？」

寝ているとばかり思っていた神野の黒い瞳が、しっかりとエセルを捉えている。

「起きて……っ」

カァァッ…と、頬に血が昇るのを感じた。相手が怪我人であることも忘れて、慌てて掴まれた手を振り払おうとするものの、力が強くて振り払えない。

この時点で、相手の怪我の度合いを再確認する必要があることに、冷静であれば気づくのだろうが、羞恥に駆られたエセルに、それは無理な相談だった。

「狸寝入りなんて……っ、放せ……っ」

責めても、男は飄々としている。

「狸寝入りじゃない。途中までは本当に寝てた」

「な……っ」

途中までって？　いったいどこから起きていたというのか、確認するのも恥ずかしい。

「神野……っ」

熱い頬を持てあますエセルを余所《よそ》に、神野は首を巡らせ、「過ぎたな」と意味不明なことを呟く。

「……え？」

男が確認したのは、壁にかけられた時計。終業時刻を、秒針がたった今通り過ぎたタイミングだった。

掴まれた腕を強い力で引かれて、エセルはしかたなくベッドの端に腰を下ろし、男を間近に見下ろす。それでもまだ、腕は放してもらえない。

ひとつ深い息をついて、神野はその目にエセルを映す。そして眩しそうに、目を細めた。

「詫びるのは、俺のほうだとずっと思っていた」

「……神野？」

蜂蜜色の瞳を見開いて、エセルは長い睫毛を瞬く。首を傾げると、手首を掴んでいた手が外されて、かわりに大きな手が、エセルの頬を捕らえた。

「ガキだったんだ」

神野は、そんな言葉で告白をはじめた。

「だからとまらなかった。我慢できなかった。この瞳の色の誘惑に、勝てなかった」

その甘さを味わいたい欲望を、抑えきれなかった。

「ずっと片想いしてた相手が、はじめて手の届く距離にいて、挑発だとわかってて、おまえが強がってるだけだと気づいてて、でもとめられなかった」

——……え？

「神…野？」

信じられない告白を聞いて、エセルは言葉を失う。

「反応がいいから、慣れてるのかと思って、勝手に腹を立てて。なのにおまえ……」

カッと頬が熱くなって、エセルは羞恥に瞳を揺らす。逃げたいけれど、身体が動いてくれない。

「はじめてだったよ。あんなこと……っ」

「わかってる。すまなかった」

真摯に詫びられて、でも、だからこそ、抑えてきた感情が粟立った。

だったらなぜその場で詫びてくれなかったのかと、どうしても責めたくなる。

「いまさら……っ、君のせいで僕は、恋愛ひとつまともにできなくて……っ、誰とも本気になれないから、ゴシップばっかり増えて……っ」

エセルから誘ったことなど一度もない。

でも、好意を寄せられるのが嫌な人間なんていない。もしかしたら、今度こそ本気の恋ができるかもしれないと毎回期待して、でも結局ダメで、その繰り返し。

「彼女たちとは、身体だけか？」

ずっと心は誰のものでもなかったのかと訊かれて、エセルは長い睫毛を震わせる。

「セックスなんて、一度も気持ちいいと思ったことない」

身体さえも、誰のものでもなかった。

あの日、神野に抱かれて以来一度も、この身体が疼いたことなどない。機械的なセックスは、生理的な頂をみることはできても、それだけだ。感情が震えることなどない。

「一度も？」

少し驚いた声で確認されて、エセルは眉を吊り上げる。

「はじめてだったのに、君だから感じただけなのに、慣れてるんじゃないのかなんて言われて、平気でいられるわけないだろっ！　充分トラウマだっ！　バカっ！」

頬を撫でる男の手の甲を、思いっきり抓《つね》り上げた。怪我人相手では拳を振り上げることもできなくて、こんなことくらいしか仕返しのしようがない。それさえも遠慮がちになって、神野は眉間に皺ひとつ刻まないのだから理不尽すぎる。こちらはあれからずっと、コンプレックスを抱えて生きてきたというのに。

「……君とした二度だけだ」

こんなことを言わせるなんてサイテーだと、掠れた声で罵る。

エセルの叱責を、神野は嬉しそうに聞く。

「とんでもなくヤバイ表情《かお》で、いい声で啼いてた。あんなおまえを知ってるのは、俺だけか？」

自分がどんな表情をしていたかなんて、わかるはずがない。

それになんだ、そのゆるみきった顔は。百年の恋も醒《さ》めるから、カンベンしてほしい。

でも、いまさらもう、誤魔化せない。

一度溶けだした感情は、流れ込む先を求めている。

「そんなこと、誰にも言われたことない。君にしか抱かれたことがないんだから、わかるわけないっ」

羞恥に唇を震わせながら、エセルはそれでもきっぱりと言いきった。

同性の神野に向く感情が恋だったなんて、抱かれてはじめて気づいたのだ。相手が神野でなければ、あんなふうにはならなかった。

「君だったから……っ」

これ以上は耐えられなくて、男の肩口に顔を伏せる。

傷に障らないように、極力注意を払いながら、それでも体温に触れたかった。

「エセル……」

男の手が後頭部にまわされて、エセルのやわらかな髪を梳き上げる。

「甘そうな色だな。——実際、甘かった」

喉の奥で笑われて、エセルは顔を上げる。

すぐ間近に、黒い瞳。

「愛してる」

「ん……」

「おまえのためなら、この命も惜しくはない」

一世一代の愛の告白。だがエセルは、甘いばかりのそれを、容赦なく切り捨てた。

「そんなの、いやだ」

SPならSPらしく、完璧に守れと甘く罵る。

命を差し出されたって、嬉しくもなんともない。冷えていく手を握りつづけたあのときの恐怖は、思い出したくもないものだ。

「泣くなよ」

「泣いてないっ」

どうしても意地を張って強がってしまうのは、性格だからもうどうしようもない。

頬に添えられる掌から伝わる体温が心地好い。

下から掬い取るように唇を合わされて、エセルは甘く喉を鳴らす。

激しさがないかわりに、丁寧に丹念に口腔を嬲《なぶ》る官能的な口づけ。腰の奥がジ…ンッと痺れはじめる。

いけないと思うのに離れがたくて、求められるままに応えてしまう。

「ん……もう、ダメ…だ……」

これ以上はダメだと肩を押そうとして、しかし銃創の存在を思い出して、手を止めてしまう。その隙にまた口づけが深められて、蕩けるまで貪られる。その繰り返し。

「神…野……」

熱い息を吐き出して、エセルは震える腕でなんとか己の体重を支える。

「傷は肩だけだ」

気にすることはないと言われて、「でも……」と躊躇う。エセルを庇ったときに、神野は背中にも弾を受けているのだ。

ボディアーマーを着用していたために軽傷で済んだらしいが、それでも肉体への衝撃は計り知れない。銃弾の威力で肋《あばら》も折れると知らないエセルは、浅海から聞いた話を疑いもせず信じていた。

「痣になっただけだ」

「本当に？　……んんっ」

疑わしい眼差しを向けると、それを宥めるように、また唇を合わされる。

ベッドの端に腰かけていた身体を引き上げられて、肩の傷を気遣いつつ、エセルは男の上に身体を伏せた。

今度は、啄ばむキスが無数に与えられる。

背筋を伝い落ちた手が臀部を撫でて、熱い吐息を誘われる。

撃たれた側の腕はさすがに動かせないようだが、それ以外はどうやら平気なようで、神野は布ごしにもエセルの肌の感触を味わうように、くまなく掌を這わせていく。

そんななんでもない愛撫が、たまらない熱を生んで、エセルは困った顔で男を見据え、それから頬に頬をすり寄せた。

身体が熱い。

男が欲しくてたまらない。

けれど、怪我人相手に求められるはずもなく、エセルは切なさを噛みしめる。せめて体温だけでも…と、上掛けの上から男の身体に腕をまわした。逞しい肉体のラインをなぞるように手を滑らせる。

「……っ!」

それに気づいて、はっと顔を上げた。

神野は、焦るでもなく、口許に笑みを浮かべている。

上掛けの上からでもわかる、逞しい昂り。自分が神野を欲しているように、神野も自分を欲しているのだ。

それを知ってしまったら、もう止まらない。

我慢なんてできない。

「どうしたら、いい？」

尋ねたら、

「どうしたい？」

したいようにしてみろと誘われる。

ゴクリと唾を呑み込んで、エセルは上掛けをめくった。病衣をはだけると、包帯を巻かれた上半身がまず目に飛び込んでくる。

ベッドに完全に乗り上げて、男の身体を跨《また》ぎ、包帯の上からそっと掌を添える。傷痕の上に、唇を落とした。早く治りますようにと、願いを込めて。

その唇を徐々に下へと落として、臍を舐め、下生えにたどりつく。上半身の痛々しさとは対照的に力強く息づくそれに、エセルはそっと唇を寄せた。

先端から蜜を滴らせるそれを、熱い口腔に包み込む。

舌を絡めて吸い上げ、その熱さと力強さを味わう。

口腔内に広がる青い味は、あの秋の日の、苦い感情を思い起こさせる。

けれど今は、求め求められて抱き合っているのだ。すれ違ったまま肉体を繋いでしまったあの日とは違う。

懸命に奉仕を施しても、男の欲望は一向に頂を見ない。

それが悔しくて、エセルはより淫らに積極的に、奉仕に興じる。

その姿を、神野は目を細めて見つめている。自由になる手でエセルのやわらかな髪を弄《もてあそ》びながら。

その髪を軽く引かれて、顔を上げさせられる。

次へと促されて、エセルはコクリと頷いた。下を脱ぎ落して、男の腰を跨ぐ。

自分が育てた欲望の上に、ゆっくりと腰を落とした。先端が触れた瞬間、その熱さに肌が震えた。

「あ……ぁっ！」

奉仕に興じる間にすでに昂っていたエセル自身も歓喜に震えて、甘い蜜を滴らせる。

それが狭間を濡らして、結合を促した。

「あぁ……っ！　や…ぁ、深……っ」

自重によって繋がりが一気に深まる。

その衝撃だけで、エセルの欲望がはじけた。髪と同じ色の叢《くさむら》が白濁に汚れて、その淫猥《いんわい》な光景に、男は喉を鳴らす。

「エセル……っ」

下からズンッと突き上げられて、頂を見たばかりの敏感な肉体は、その鮮烈すぎる刺激

に震え上がった。

「や…ぁっ！　は……うっ！」

後ろ手に己の身体を支えて、逞しい肉体の上、細い肢体をくねらせる。

「あ…ぁ、あ……んんっ」

怪我人とはとても思えない力強い躍動が、エセルを再び頂へと押し上げる。だが二度目の放埓《ほうらつ》は簡単には訪れなくて、エセルは本能の導きに従って、自らも腰を揺らした。

「神…野……っ」

もどかしい欲望をどうにかしたくて、愛しい男の名を呼ぶ。すると、今の今まで力強くエセルの内部を貪っていた欲望が、ふいに動きをとめた。

「……!?　なん…で……」

どうして止めるのかと、上体をかがめ、濡れた瞳で間近に睨めば、男は熱っぽい眼差しで見上げてくる。

「違うだろ？」

熱い息を吐き出す唇を軽く啄《ついば》みながら言われて、エセルは濡れた瞳を揺らした。

「……威《たける》？」

名を呼ぶと、「ちゃんと覚えてたな」と笑われた。

「忘れるわけ……ない」

拗ねる声は、口づけに攫《さら》われる。

「あぁ……っ！」

油断した隙に力強く突き上げられて、悩ましい声を迸らせてしまう。

「エセル」

耳朶《じだ》に甘く名を呼ばれて、エセルは背を震わせた。

「威……っ」

ずっと呼びたかった名を舌にのせれば、それはひどく甘く、エセルの情欲を刺激する。

快感は、肉体的な刺激だけではないのだと、教えられた気がした。

またたく間に追い上げられて、エセルは蜂蜜色の髪を振り乱し、奔放に声を上げる。

「あ……ぁ……」

解放の余韻に震える肌は、わずかな刺激にも反応して、またも熱をためはじめる。

底なしの欲望が怖くなって、「どうしよう……」と呟くと、大きな手が生理的な涙に濡れる頬をやさしく撫でた。自由になる片腕で、エセルを抱き寄せてくれる。

それだけで、安堵を覚える自分がいる。

この腕が自分を守ってくれた、たしかな記憶があるからだろうか。

抱きしめられて、安堵した。

この腕が絶対に自分を守ってくれると、信じて疑わなかった。

「日本にきて、よかった」

呟いて、気づく。

ずっとここに、いられるわけではないことに。

「エセル……」

頰を寄せて、口づけて、肩の傷を包帯の上から撫でる。

「傷痕が、残ればいい」

一生、残ればいい。

怨念にも近い強さで、そう願う自分がいた。

after that

弾が貫通していたのと、日ごろの鍛錬の賜物《たまもの》で、神野《じんの》は比較的早くに退院が決まった。完治したわけではないが、日常生活にはもはや支障はない。一刻もはやく現場復帰したいところだが、しばらくの間は通院しつつリハビリに専念することになるだろう。筋肉は、使わなければすぐに落ちてしまう。

だが、病院を出たところで、上司からの電話に捕まった神野は、思いがけず呼び出しを受ける。

『オリエントホテルの三七〇一号室だ。三十分で来い』

高層ホテルのエグゼクティブフロアだ。

待機中の自分まで呼び出されるような、また厄介な任務でも舞い込んだのだろうか。逮捕した狙撃犯の警護といい、あの人は本当に面倒な仕事ばかり引き受けてくれる。

「人使いが荒いな」

呟いて、だが気持ちが高揚《こうよう》するのを止められない。再びSPとしての任務につけることを、素直に喜ぶ自分がいる。

その一方で、とうに去った温もりを恋しく思う自分もいて、我ながら女々しいことだと苦笑を禁じ得ない。

エセルは、アメリカに帰っていった。あのあとすぐ。

FBIのマフィア摘発が行われるまでの間、シークレットサービスの保護を受けるのだという。

今回の事態を招いたブルワー上院議員はといえば、懲りることなくマフィア根絶を訴え政治活動をつづけているというのだから、その信念は並々ならぬものだ。

願わくば、もう二度とエセルが巻き込まれるような事態がおきなければいい。

エセルバート・ブルワーの活動拠点が米国《アメリカ》である限り、悔しいが自分にはどうすることもできない。

この手で守りたい気持ちがないわけではない。だがSPを辞めようとは思わない。神野には神野なりの信念があって、この仕事に就《つ》いているのだ。

残された時間を惜しむように抱き合った。あの情熱は、決してひとときのものではなかったと信じているが、エセルははじめから去ることを選んでいた。

それを引き止めることはできなかった。

自分がＳＰであることをやめられないのと同じように、彼にも生きる世界がある。彼を待つ人は、世界中にいる。


数年前に日本進出を果たしたラグジュアリーホテルは、落ち着いたたたずまいで、ＳＰの配置が本当に許可されているのだろうかと、一抹の不安を覚えるほど。

來嶋《きじま》が確認作業を怠ることなどありえないのだが、現場特有の気配が感じられなくて、神野は眉間に皺を刻む。

指定されたのは、三七〇一号室。

チャイムを押すと、ドアの向こうから応え。

ドアを開けたのは、浅海《あすみ》だった。だが、室内にほかの仲間の姿がない。

そのかわりに、窓際に立つ、細いシルエット。

神野は、思わず目を瞠る。

「交代要員がまいりましたので、私はこれで失礼させていただきます」

「ありがとう。ごくろうさま」

返された声が穏やかで、今度は眉間に皺を寄せてしまう。

そんな神野に、浅海は胸ポケットから取り出した一枚の紙切れを渡した。

「……？　浅海？」

「処分通知だそうだ。文句は聞かないと、伝言をあずかってる」

來嶋に託されたらしき書類は、Ａ４サイズのＯＡ用紙を折りたたんだだけのものだ。

それを開いた神野は、ゆるりと目を見開いた。ややしてその口から零れたのは、呆れたため息。

「謹んでお受けしますと伝えてくれ」

「了解した」

浅海は、白い手で神野の肩——撃たれたほうだ——を軽く叩いて、呻きはしなかったものの反射的に眉間に刻まれた皺を愉快げに眺め、部屋を出て行く。

パタン…ッとドアの閉まる音が、広い部屋に響いた。

「しばらく、姿を隠していないといけないんだ」

窓枠に腰をあずけた格好で、エセルは言葉を紡ぐ。

「それはおうかがいしました」

「だったら、アメリカでも日本でも、どっちでもいいかと思って」

蜂蜜色の瞳が、悪戯な色を浮かべて、神野を映していた。

その小作りな顔の前に、神野は浅海から渡された書類を開いてみせる。そこには『謹慎』と書かれている。——筆ペンで。しかもデカデカと。この筆跡には見覚えがある、來嶋のものだ。

当然正式な処分通達書類ではない。來嶋の悪戯だ。

早い話が、有給休暇。用紙の隅っこに、次の出勤日が小さく書かれている。その日までは、エセルとすごしていいということだ。

「自分が二十四時間、お側で警護にあたらせていただきますが、それでよろしいでしょうか？」

エセルの前に立って、少しおどけた口調で問う。

するとエセルは、「ＹＥＳ」と答えるかわりに、そのしなやかな腕を、スルリと神野の首にまわした。

「落ち着いたら、活動の拠点を日本に移そうかと思ってるんだ」

重大な決定事項が、実にサラリと告げられる。

「でも、それまでは休暇だから」

エセルの白い手が、撃たれた肩を辿る。

「包帯は取れた?」

傷痕が残ればいいと、切なげに呟いたその口で、艶めいた誘いを投げてくる。神野は、窓から差し込む陽射しを弾いて眩しいハニーゴールドに、目を細めた。

細い腰に腕をまわして引き寄せる。

やっと両腕で、このしなやかな身体を力いっぱい抱き締めることができる。

「自分の目でたしかめるといい」

唇に直接答えを返せば、見開かれる蜂蜜色の瞳。

甘い匂いに誘われて、その上に淡く啄むキスを落とすと、「そうする」と甘い囁きが唇に触れた。

あとがき

こんにちは、妃川螢です。プリズム文庫さんでは三度目の登場になります。この度は拙作をお手にとっていただき、ありがとうございます。

今回は立野真琴先生にイラストを描いていただけるということで、あれこれ考えた結果、アクション描写多め（?）のSPものになりました。届いたキャララフに神野がライフルを構える画を見たときには、よっしゃ！　と思わずガッツポーズが…！（笑）。なかなか使いきれないでいたSP設定も使えたし、相変わらずの同級生設定とか兄弟関係とか、好きなものをあれこれ詰め込んだお話になりました。

でも一番のお気に入りはやっぱりグランマです（笑）。日本が舞台ではありますが、某大草原の家とかが似合う、可愛いおばあちゃまをイメージしました。このおばあちゃん、ふたりの関係にすっかり気づいてそうに思うのですが、どうでしょう?

イラストを担当していただきました立野真琴先生、お忙しいなか本当にありがとうございました。どのキャラも素敵なのですが、とくにエセルの艶っぽさは、頭のなかで思い描いていたままです。

実は、某少女漫画誌で描いてらっしゃった当時からの読者でして、お仕事でご一緒できる日がこようとは、夢にも思いませんでした。光栄すぎて言葉が出てきません。

某アイドルものシリーズの主人公の少年たちはもちろん可愛かったのですが、脇をかためていたおじさんたちに、当時からよこしまな目で萌えまくっていたことを、ここに懺悔とともに告白させていただきます（汗）。実は今でも気になってます……。

こんな幸運は、この先なかなか巡ってこないだろうとは思いますが、もしまたご一緒できる機会がありましたら、そのときはどうぞよろしくお願いいたします。

最後に告知関係を少々。妃川の活動情報に関してはＨＰの案内をご覧ください。

http://himekawa.sakura.ne.jp/（※ＰＣ・携帯共に対応。但し携帯は情報告知のみ）

編集部経由でいただいたお手紙には、情報ペーパーを兼ねたお返事を、年に数度まとめてになってしまいますがお返ししています。ネット環境がない方は、こちらをご利用ください。感想等も気軽にお聞かせいただけると嬉しいです。

そしてなんと！　来月にはシリーズ作品が出ます！　今回脇をかためてくれた浅海が主人公です。來嶋さんと神野兄もますます暗躍してくれます。ぜひぜひお楽しみに♡

それでは、また。できれば来月もお会いできると嬉しいです。

二〇〇九年六月末日　妃川　螢

プリズム文庫をお買い上げいただきまして
ありがとうございました。
この本を読んでのご意見・ご感想を
お待ちしております！

【ファンレターのあて先】
〒153-0051　東京都目黒区上目黒1-18-6 NMビル
（株）オークラ出版　プリズム文庫編集部
『妃川 螢先生』『立野真琴先生』係

プリズム文庫

甘露の誘惑

2009年9月23日　初版発行

著　者　妃川 螢
発行人　長嶋正博
発　行　株式会社オークラ出版
〒153-0051　東京都目黒区上目黒1-18-6　NMビル
営　業　TEL:03-3792-2411　FAX:03-3793-7048
編　集　TEL:03-3793-8012　FAX:03-5722-7626
郵便振替　00170-7-581612（加入者名:オークランド）
印　刷　図書印刷株式会社

ISBN978-4-7755-1411-5　Printed in Japan